Zofia Posmysz DIE PASSAGIERIN

Bibliografische Information der Deutschen Nationalbibliothek
Die Deutsche Nationalbibliothek verzeichnet diese Publikation in
der Deutschen Nationalbibliografie; detaillierte bibliografische
Daten sind im Internet über http://dnb.d-nb.de abrufbar.

Zofia Posmysz

Die Passagierin

Roman

Titel der polnischen Originalausgabe:
„Pasażerka"
© Copyright 1962 Zofia Posmysz, Warschau
Deutsche Übersetzung von Peter Ball,
zuerst erschienen 1969 im Verlag Neues Leben, Berlin.
Übersetzung der Autorenkorrekturen: Sabine Leitner, Warschau
Umschlaggestaltung unter Verwendung eines Aquarells von Janina Tollik
„Odwszenie przed sauną / Entlausung vor der Sauna (Badebaracke)"
© Copyright Dorota Tadajewska-Sysko, Grudziądz
Redaktion, Satz und Layout: Arnt Nitschke, Norderstedt
Kontakt: arnt.nitschke@web.de
Herstellung und Verlag: Books on Demand GmbH, Norderstedt
ISBN 978-3-8391-6557-7, Dateiversion 3

Es war Lisa nicht klar, warum diese Frau, die am Schwimmbassin stand, ihren Blick fesselte. Wahrscheinlich schaute sie den Schwimmern zu, denn sie hatte den Kopf abgewandt. Lisa sah nur einen Teil ihres Gesichts, dennoch blickte sie unverwandt hin. Es war etwas Beunruhigendes in dieser Silhouette, die ihren Blick festhielt und nicht wieder freigab. Überrascht, ärgerlich auf sich selbst, sträubte sie sich gegen diesen seltsamen Bann, dessen Ursachen sie vergeblich zu ergründen suchte. Aber keine der Erklärungen, die ihr einfielen, traf zu. Die Ursache für Lisas Unruhe lag nicht in der Eleganz ihrer Kleidung. Obwohl sie tadellos angezogen war, fiel die Unbekannte keineswegs durch etwas Besonderes auf, was auf diesem Luxusdampfer inmitten schöner und eleganter Frauen kaum möglich war. Es mußte etwas anderes sein, das Lisa beunruhigte, je länger sie die Frau anschaute.

Wenn Walter, der neben ihr in einem Liegestuhl lag, nicht die Augen geschlossen hätte, würde er unweigerlich fragen: „Worum handelt es sich, Kleines?" Er konnte in ihren Augen lesen – was man auch immer von dieser abgegriffenen Metapher halten mag –, er las buchstäblich von ihren Augen ab, was sie gerade bewegte. Das belustigte ihn immer wieder, und vielleicht war er gerade deswegen auf sie aufmerksam geworden und hatte sie schließlich geheiratet. Es war so, als hätte sie ihn um ein zusätzliches Sinnesorgan bereichert. Er nannte es im Scherz „das innere Gehör", wobei sich über die Bezeichnung dieser Fähigkeit streiten ließ, denn sie hatte weniger mit dem Hören als vielmehr mit dem Sehen zu tun. Doch nicht immer erriet er die Ursachen ihrer Erregung, und dann fragte er unverzüglich mit einer Neugierde, die einem Fremden seltsam erscheinen mochte: „Worum handelt es sich, Kleines?" So war es seit Jahren, genau wie damals, als sie zum erstenmal sein Antiquariat betrat. Es war kurz nach dem Krieg, und Walter handelte damals mit Antiquitäten. Ärmlich und so „unerwachsen" sah sie aus, in flachen Schuhen, so daß er sie wie ein kleines Mädchen behandelte und eben diese Frage stellte. Aber Walter, der mit geschlossenen Augen in der Sonne lag, verfügte über eine andere Gabe des Gehörs, als sie allen Menschen eigen ist. Doch als Lisa längere Zeit nichts sagte und ihn damit aus seiner sorglosen Stimmung zu reißen schien, hielt er es für richtig, sie direkt anzusprechen:

5

„Gut haben wir es hier, was, Lieschen? Ein erstklassiger Kasten, unsere ‚Hamburg'. Teuer ist es, aber wir haben es ja schließlich …, wir brauchen nicht mit dem Groschen zu rechnen. Endlich eine Chance, Lieschen! Weißt du, was das bedeutet? Jetzt werden wir auf großem Fuß leben, da kannst du sicher sein. Das kommt uns schließlich zu, nicht? Was meinst du dazu, Kleines?"

Er hörte nicht die Antwort, die gemäß dem Ritual langjähriger gemeinsamer Gespräche jetzt folgen mußte. Er öffnete also die Augen, um sein „inneres Gehör" einzuschalten, und auf seinem Gesicht zeigte sich Neugierde: „Ich rate dir, den Kopf jetzt auf die andere Seite zu drehen, sonst wird dein Gesicht nur von einer Seite braun", aber da sie auch das unbeantwortet ließ, fragte er, bereits erstaunt: „Worum geht es, Kleines? Warum schaust du immer dorthin?"

Sie wandte sich ihm zu:

„Nein, es ist nichts …", sagte sie. Aber sie blickte noch einmal zu der Unbekannten, und Walter fragte:

„Eine Bekannte?"

„Nein …, woher denn?" Seine Frage schien sie zu überraschen, ja zu verwundern. „Wie kommst du bloß darauf?"

„Du schaust so, als ob du sie kennen würdest."

„Sie schien mir", sagte sie und schaute wieder in jene Richtung, „irgendwie merkwürdig."

„Merkwürdig?" Er musterte jene Frau eine Weile aufmerksam und zuckte dann mit den Achseln, „ich finde an ihr nichts Merkwürdiges."

Sie lächelte ihm verständnisinnig zu, wie gewöhnlich bei solchen Gelegenheiten – es war dies ein Lächeln, das ihr zeitweiliges Eingeweihtsein annullierte, denn sie wußten nun beide, „worum es ging" –, und lehnte sich bequem in den Liegestuhl zurück. Walter hatte recht, es war gut hier. Der erste Tag übertraf ihre Erwartungen: Das Wetter war ungewöhnlich schön, das gewaltige Schiff glitt leicht dahin, man spürte fast kein Schlingern. Die Passagiere sonnten sich auf dem Oberdeck, das man den „Strand" nannte, aus dem Schwimmbecken klangen Gelächter und Rufe.

Zwischen den Liegestühlen schlängelten sich geschickt die Stewards durch, die Eis und Getränke anboten. Alles war unglaublich beruhigend.

„Deutschland liegt hinter uns, Walter", sagte sie.

„Übermorgen ganz Europa. Und das für einige Jahre, wenn nichts dazwischenkommt. Wirst du dich nicht zurücksehnen?"

„Ich glaube nicht."

„Ich auch nicht. Das alte Europa beginnt erneut lästig zu werden, es strengt an und ermüdet."

„Ich hatte Angst, daß nichts daraus wird."

„Nicht ohne Grund. Der Alte mäkelt an Streits Leuten überall herum. Ich verdanke es gewissermaßen Herrn Globke, daß ich auf diesem Posten gelandet bin."

„Du machst wohl Spaß?"

„Keineswegs. Das böse Geraune in der Welt ist bereits zu laut geworden. Man muß hie und da einen Dämpfer aufsetzen. Zu diesem Zweck nimmt man einen Kerl wie mich und schickt ihn dorthin, wo es am lautesten ist. In der Eigenschaft eines Knebels. Man kann mir sogar eine antifaschistische Vergangenheit zurechtschneidern."

Sie widersprach.

„Wenn so etwas nötig gewesen wäre, wäre Streit gefahren."

„Das kam von vornherein nicht in Frage", antwortete er lächelnd, „und weißt du, warum? Weil er sie wirklich hat, diese Vergangenheit. Wenn das nicht wäre ..."

Der Steward trat an sie heran und bat sie zum Mittagessen. Das sei der erste Tag der Reise, es wäre also wünschenswert, wenn die Herrschaften etwas früher kommen würden. Es gehe nämlich um die Möglichkeit einen Tisch zu wählen, der den Herrschaften am meisten zusage. Das habe wohl Bedeutung bei einer Reise, die, sei es, wie es sei, recht lange dauert. Er habe sich erlaubt, extra zu ihnen zu kommen, da die anderen Passagiere ...

Das Deck hatte sich fast geleert. Die Passagiere zogen die kühlen Kabinen der unendlichen Fläche des Ozeans vor, die ihre Augen blendete. Nur noch auf einem Liegestuhl, beschützt von einem Schirm, schlummerte ein alter, grauhaariger Herr. Zu seinen Füßen ruhte wie eine Statue ein Schäferhund.

„Er hat recht, dieser redselige Steward", sagte Walter und ging zum Eingang. „Zwanzig Tage lang wird dieser Kasten unser Kontinent sein. Nach unserer Ankunft wirst du doch sicher gleich deine Schwester besuchen wollen?"

„Oh, das ist nicht so eilig. Ich werde zu ihr fahren, wenn wir uns eingerichtet haben", erwiderte sie und ging um einen im Wege stehenden Liegestuhl herum.

„Aber sie weiß doch von unserer Ankunft?"

„Nein."

„Wie denn? Du hast sie nicht mal benachrichtigt?"

„Ich sagte dir doch", antwortete sie zögernd, „bis zum letzten Augenblick habe ich nicht daran geglaubt. Ich bin abergläubisch. Ich hatte Angst, zu früh davon zu sprechen ..."

„Hattest Angst, das Glück zu berufen?" lachte er. „Du bist wie ein Kind. Aber das macht nichts. Darin liegt sogar ein gewisser Reiz."

In diesem Augenblick geschah etwas Merkwürdiges. Wie es dazu kam, konnte niemand sagen, weder Lisa noch Walter, noch der ältere Herr, der Besitzer des Schäferhundes. Am Eingang zum Deck stand jene unbekannte Passagierin, die Lisa vorher so interessiert beobachtet hatte. Möglicherweise hatte sie irgendeine unbedeutende Geste gemacht, leise gepfiffen oder geschnalzt, wie es Hundeliebhaber manchmal tun. Niemand hatte etwas bemerkt. Man sah nur, wie der Hund aufsprang. Nein, es war nichts Bedrohliches darin, obwohl es so aussehen konnte, als stützte er seine Pfoten auf ihre Arme. Als er gerufen wurde, kuschte er sofort zu den Füßen seines Herrn, der sein Bedauern mit etwas übertriebener, einer altmodischen Anmut nicht entbehrenden Galanterie zum Ausdruck brachte.

„Dummchen", sagte Walter lachend, als er auf die plötzlich blaß gewordene Lisa schaute. „Es ist doch ganz harmlos. Das war eine Geste der Sympathie."

Lisa schien jedoch nichts zu hören. Sie schaute auf die unbekannte Passagierin, die ruhig die Spuren der Hundepfoten von ihrer Bluse entfernte; sie schaute sie so an, als ob davon ihr Leben abhinge. Selbst als jene gegangen war, blieb sie verkrampft und stumm, nur auf ihrem Gesicht wechselten Erstaunen und Ungläubigkeit. Walter wurde unruhig:

„Was ist mit dir, Lieschen?"

Sie antwortete nicht. Sie schaute unbeweglich vor sich hin, in ihren Augen war Grauen.

*

Ein Hund im Sprung. Hunde, Hunderte von Hunden. Solche wie dieser und andere. „Hundestaffeln". Sie marschieren in Reih und Glied wie Soldaten, dann wiederum umkreisen sie und treiben wie Wachhunde eine Herde zweibeiniger Geschöpfe, die eine merkwürdige und zugleich erschreckende Ähnlichkeit mit Menschen haben. Hunde … Und ein Weg, wie aus einem Alptraum, an keine anderen Wege erinnernd, eingeschlossen zwischen Stacheldrähten, abgesteckt mit Holzpfählen, und auf ihm Menschen, so vornehm wie die Passagiere hier auf der „Hamburg". In ungeordneter Menge drängen sie sich entlang des toten Gleises vorwärts, das hier buchstäblich das tote Gleis bedeutet: buchstäblich das Ende, immer näher zu dem roten Gebäude mit dem eckigen Schornstein. Die Schlafwagen, obwohl schon leer, stinken noch. Und Hunde … Solche wie dieser und andere. Der Rote-Kreuz-Wagen, der diesen merkwürdigen Weg hinauf und hinabrast, Haufen ungeordnet hingeworfener Kleidung, Kinderwagen, eine ungeheure Zahl von Kinderwagen, Fotografien, auf denen man herumtrampelt, ohne daß man sie unter der dicken Schicht der aufgeweichten Erde spürt, und wieder die nackte und abscheuliche Menge vor dem roten Gebäude, und dahinter gespannte Drähte auf weißen Pfählen, die sich wie Krallen über den Dächern krümmen, die keine Dächer von Häusern sind. Vor ihnen kniende Geschöpfe in blauweiß gestreiften Kitteln und das Orchester. Eine junge Sängerin würgt an dem die Kehle ätzenden Lied: „Ich brauche keine Millionen, mir fehlt kein Pfennig zum Glück …" und Hände, schnell, schnell vorgestreckt, ein Arm nach dem anderen, auf dem Punkt für Punkt die Nummer erscheint …

Walter preßte ihr Handgelenk:
„Was ist dir, um Gottes willen!"
„Nichts, Walter … nichts mehr."
„Nichts? Du hast mich so erschreckt. Du hast ausgesehen, als ob …"
„Ich hasse Hunde! Ich kann Hunde einfach nicht ertragen!" schrie sie hysterisch und warf sich in den nächsten Liegestuhl.
„Du kannst Hunde nicht ertragen?" fragte Walter erstaunt.

„Davon habe ich nichts gewußt. Du hast mir niemals etwas davon gesagt!"

*

Das Mittagessen näherte sich seinem Ende. Es war ein herrliches Essen, und Walter, der eine gute Küche schätzte, verfiel in eine geradezu ausgelassene Stimmung. Er delektierte sich an jeder Speise, über die er sich in der ihm eigentümlichen parodistisch-derben Weise ausließ. Darum bemerkte er nicht gleich, daß Lisa fast gar nicht sprach und wenig aß, und als er es bemerkte, zeigte er eine etwas unzufriedene Verwunderung. Sagte ihr die Küche nicht zu? Das war doch eine authentisch deutsche Küche in ihrer besten Art, und er, der ja etwas davon verstand, konnte wirklich nichts finden, was man hier kritisieren könnte. Zum Glück stellte sich heraus, daß nur Kopfschmerzen Lisa den Appetit und die Stimmung verdorben hatten. Und allein aus diesem Grund war sie dagegen, Walters neuen Bekannten an ihren Tisch zu bitten, was er ihr ein wenig übelnahm. Ein feiner Kerl – so charakterisierte Walter ihn –, der sich ihnen gern anschließen wollte. Jetzt aber sah Walter ein, daß ihre Abneigung keiner Launenhaftigkeit entsprang, die er nicht ausstehen konnte. Für ihn war es immer sehr wesentlich, wie man sich fühlte, seiner Ansicht nach durfte man das nicht geringschätzen, auch wenn es sich um gesellschaftliche Verpflichtungen handelte. Er hielt es für besser, daß dieser „Ami" – Walter gestattete sich diesen gutmütig-spöttischen Spitznamen, den man in den Nachkriegsjahren den Amerikanern gab – seine Frau dann kennenlernen sollte, wenn sie ausgeruht und in Form war, wie er es nannte. Nach dem Essen sollte Lisa eine Kopfschmerztablette nehmen und sich eine Stunde hinlegen, während er inzwischen mit dem Ami einen Satz Tennis spielen würde. Und dann, wenn sie sich wieder gut fühlte, würden sie mit ihm zusammen zum „Five o'clock" gehen. Fragend schaute er Lisa an.

Natürlich war sie einverstanden und dankbar, daß er sie verstand. Denn, wenn eine Frau weiß, daß sie nicht sehr gut aussieht …, wenn sie sich müde und alt fühlt wie sie in diesem Augenblick …

Die Pflicht als guter Ehemann zwang Walter zu protestieren, und er tat es, indem er lachte. Er tat dies übrigens aufrichtig, und das empfindsame Ohr würde in seinem Protest keinen verdächtigen Akzent entdecken. Für ihn war sie ein junges Mädchen geblieben, für ihn hatte sie sich seit dem Augenblick nicht verändert, als sie damals in sein Antiquariat trat und er sie fragte: „Worum geht es, Kleines?" Wenn sie dieses Thema aber unbedingt erörtern wolle … Nicht nur in seinen Augen sei sie unverändert jung geblieben! Irgendwelche Zweifel daran, ob sein Urteil objektiv sei, könne der Zwischenfall mit Dr. Streit heute im Hafen zerstreuen, er meine das Benehmen von Dr. Streit. Lisa müsse doch zugeben, daß sie sich selbst darüber gewundert habe. Dr. Streit habe sie ja nur ein paarmal gesehen, und wann? Runde zehn Jahre früher. Trotzdem habe er sie gleich erkannt und begrüßt, bevor er ihn, Walter, bemerkte. Er habe sie erkannt, obwohl sich Lisa an ihn überhaupt nicht mehr erinnern konnte. Sie solle also jetzt nicht so schauen, als ob er Lügenmärchen erzähle. Dieses Wiedererkennen nach so vielen Jahren spräche doch für sich selbst! Eine gute Rasse sei eben eine gute Rasse – schloß er, ihr verständnisinnig zuzwinkernd.

Doch Lisa war von diesen Ausführungen nicht so begeistert, wie er es erwartete. Sie bemerkte nur, nicht ohne eine gewisse Befangenheit, daß das Wort „Rasse" in seinem Mund ein wenig befremdlich klänge, und daß er es nicht benutzen solle, selbst nicht im Scherz wie eben jetzt.

Dieser Einwand erfreute ihn überraschenderweise, denn eigentlich liebte er solche Bemerkungen nicht. Nun ja, seine Frau kannte ihn eben gut, sehr gut, sie wußte, daß dieses Wort nicht zu ihm paßte, daher ihre Reaktion, die vielleicht ein wenig zu ernst war, aber in solchen Dingen durfte man nicht überempfindlich sein, obwohl – manch einer könnte sie daraufhin für eine sehr ernste Person halten. Schade, daß Mr. Bradley diesen Meinungsaustausch nicht gehört hatte, er wäre für ihn interessanter als der eine oder andere Set gewesen. Walter glaubte sogar, daß Bradley für die Teilnahme an solchen Gesprächen bereit wäre, auf Tennis zu verzichten. Er hätte dadurch eine Art Beitrag zu seinen Studien gewonnen, die, nebenbei gesagt, wahrscheinlich das Ergebnis eines eigenartigen Ticks oder einer Zwangsvorstellung waren, was Walter bereits nach dem ersten Gespräch herausgefunden hatte. Ja, wohl mehr einer Zwangsvorstellung, denn Dr. Streit hielt es, als er sie im Hafen einander vorstellte, für angebracht, Mr. Bradley darauf hinzuweisen, daß er nun endlich in der Bundesrepublik einen Menschen gefunden habe, mit dem man „über alles reden könne". Er wiederholte das zweimal, und obwohl es als Scherz aufgefaßt werden konnte, war Walter, der Streit gut kannte, sicher, daß es kein Scherz war. Hinzu kam, daß er bei dieser Gelegenheit erfuhr, Mr. Bradley sei mit der Armee nach Deutschland gekommen, die das Land „befreit" hatte.

Natürlich wurde ihm sofort klar, wie er Bradley einschätzen mußte: Dieser Bursche hatte so manches gesehen, daher diese eigenartige Besessenheit. Das Problem der deutschen Seele gab ihm keine Ruhe. Er hatte begonnen, dieses Problem zu untersuchen, und das nicht nur irgendwie oberflächlich, so auf politische Art, sondern im Lichte der deutschen Philosophie: im Lichte Hegels, Fichtes, Kants, Schopenhauers … Man mußte zugeben, daß er sie genau studiert hat, Punkt für Punkt. Oh nein, Lisa habe keinen Grund, ironisch zu werden. Bis zu Nietzsche seien sie einfach aus Zeitmangel noch nicht vorgedrungen. Dann waren sie von den Schiffssirenen und der Notwendigkeit, sich von Streit zu verabschieden, unterbrochen worden. Aber das bedeutete nicht, daß er diesem Philosophen entgehen würde. Sicher würden sie auf dem Schiff zusammenkommen. Außerdem sehe er keinen Grund, warum er Bradley nicht helfen solle, dieses Problem zu untersuchen. Sofern, fügte er nach einer Weile gedankenvoll hinzu, dies überhaupt möglich sei. Was meine Lisa dazu?

Lisa meinte nichts. Von einem gewissen Augenblick an hörte sie nicht mehr, was ihr Mann sagte. Sie hatte die Passagierin bemerkt, deren Abenteuer mit dem Hund sie so erschreckt hatte. Diese ging in Begleitung des Ersten Offiziers den Gang zwischen den Tischen entlang und schaute sich um, als ob sie jemanden suche. Für einen Moment verweilte ihr Blick auf Lisas Gesicht, doch sie wandte sich sofort gleichgültig ab. Lisa unterdrückte einen Seufzer der Erleichterung. Walter sah sie an.

*

Sie saßen in einer ruhigen Ecke, etwas seitwärts von der Bar. Aus dem kleinen angrenzenden Saal drangen die Jazzrhythmen nur gedämpft bis zu ihnen, als ob sie einen besonderen Filter passieren müßten. Im Rechteck der Tür erschienen und verschwanden wie auf einer Bühne die Tanzpaare.

„Du hast die Frisur geändert … Ich habe dich noch nie so gesehen."

„Gefällt es dir nicht?" fragte sie beunruhigt.

„Doch …, nur daß dich das irgendwie sehr verändert. Als du an unseren Tisch kamst, hatte ich für einen Augenblick den Eindruck, daß eine fremde Frau vor mir steht. Ich hatte keine Ahnung, daß eine Frisur so verändern kann. Hast du das für Bradley getan?"

„Und wenn es so wäre, wärst du dann böse?" fragte sie, und es schien ihm, als ob in dieser Frage ein kleiner Anflug von Koketterie lag. Und wieder wunderte er sich. Was war mit Lisa geschehen? Seit langem schon prägte ihr gegenseitiges Verhältnis jene sympathische, von allen Spielereien freie, unmittelbare Kameradschaft, die Männer so schätzen und die Frauen erst dann akzeptieren, wenn sie das Gefühl völliger Stabilität gewonnen haben.

„Aber woher denn", erwiderte er, jenen befremdlichen Ton nicht aufgreifend. „Ich freue mich, daß er dir gefällt. Was übrigens auf Gegenseitigkeit beruht. Ohne Zweifel erfahren wir auch von seiner Seite eine besondere Behandlung. Was, warum schaust du mich so merkwürdig an?"

„Du drückst dich so seltsam aus …" Sie starrte geradeaus. In der Türöffnung sah man einen Teil des Saales. In der Nähe des Orchesters saß um einige zusammengestellte Tische eine bunt zusammengewürfelte Gesellschaft, ein Gemisch verschiedener Nationen, verschiedener Typen und Sprachen. Das Englische herrschte vor, aber man konnte auch Französisch und sogar Deutsch hören. Lisa hatte sie schon früher, während des Mittagessens, bemerkt, nur daß unter ihnen vorher nicht …

„Ich meinte damit, daß die Zugehörigkeit zur Partei von Doktor Streit … Lisa, du hörst mir ja überhaupt nicht zu! Und du starrst, zum Teufel, schon wieder dieses Weib an!"

„Walter! Du wirst unausstehlich!"

„Mich regt das eben auf, verstehst du das nicht?"

„Du bist komisch."

„Sie kommt dir bekannt vor?"

„Vielleicht."

„Und du kannst dich nicht erinnern, woher? Ich verstehe, das kann einem zusetzen, solange es einem nicht wieder einfällt."

Sie antwortete nicht.

„Aber sie anstarren hilft auch nicht. Ebenso nicht, sich mit aller Gewalt erinnern zu wollen. Du weißt doch, wie das mit der Erinnerung ist: Man muß auf irgendeine Weise an den Ort zurückkehren, der mit dem bewußten Gegenstand, dem Gedanken oder dem Menschen, verbunden ist ..."

Sie wandte sich heftig mit ihrem ganzen Körper zu ihm um: „Blödsinn! Was für ein Blödsinn!"

„Was ist mit dir?"

„Entschuldige ..." Sie beherrschte sich sofort.

„Habe ich dich aufgeregt? Womit?"

„Verzeih mir, Walter. Achte nicht auf mich. Ich fühle mich nicht wohl."

„Nicht wohl? Kannst du mir deutlicher erklären, was das heißen soll?"

„Das heißt – mir ist schlecht. Übel, ganz einfach, ganz ordinär übel, um es dir deutlich zu sagen."

Er konnte sich nicht gleich von dieser ärgerlichen Überraschung erholen. Er betrachtete sie aufmerksam, fast kühl, und erst nach einer Weile kehrte er zu dem ihm eignen warmen Ton zurück.

„Du machst mir Kummer. Das sieht nach Seekrankheit aus. Du solltest anfangen, diese Tabletten zu nehmen."

„Das mach ich schon."

„Und hab keine Angst vor einem Cognac. Gleich wird Mister Bradley etwas bringen."

„Du sprachst davon, daß er ein besonderes Verhältnis zu uns habe?" griff sie nach einer Weile Schweigen wieder völlig ruhig das Gespräch auf.

Walters gute Laune kehrte zurück. Er liebte keine ungeklärten Angelegenheiten, keine Gedanken, die nicht genügend herausgearbeitet, keine Ideen, die nicht mit mathematischer Präzision formuliert waren. Wenn es in einer Diskussion geschah, daß vom Thema abgewichen wurde, beschlich ihn eine unangenehme Unruhe. Es schien ihm, als ob ein nicht vollendeter Gedanke in der Luft hängen blieb und sich zu etwas Verdächtigem materialisierte, etwas Unklarem, das mit Chaos drohte und allein durch die schöpferische und bis zum Schluß konsequente Arbeit des menschlichen Geistes aufgelöst werden konnte, indem dieser Gedanke in etwas eindeutig Nützliches verwandelt wurde. Er war Lisa dankbar, daß sie den abgerissenen Faden wieder aufnahm. „Siehst du, er ist fünfundvierzig mit der Armee geradewegs nach Dachau geraten. Er hätte einen gewissen Schock erleiden können. Und er hat ihn sicher auch erlitten, denn er bewahrt bis heute als Andenken eine Damenhandtasche auf, weißt du, woraus? Aus Menschenhaut."

„Das ist nicht wahr", sagte sie sehr leise, aber es klang wie ein Schrei. „Das ist bestimmt eine Lüge!"

„Aber nein. Die Haut ist mit Tätowierungen verziert. Darunter ist eine Nummer. Sie gehört nicht zum Ornament. Vielleicht weißt du das nicht, aber den Häftlingen einiger Lager wurden Nummern eintätowiert."

Sie schaute ihn wortlos an und griff dann nach einem Glas Wasser. Langsam, ohne abzusetzen, trank sie es aus.

„Trotzdem – und das muß man diesem Mister Bradley aus Philadelphia zweifellos als Plus anrechnen – hält er nicht alle Deutschen für Völkermörder. Und das ist schon etwas. Verflucht! Es ist nach dieser ganzen Schweinerei nicht angenehm, ein Deutscher zu sein. Und darum hat unter anderem nicht der Alte recht, sondern Streit."

„Womit hat er recht?" fragte sie tonlos.

„Daß man beginnen muß, die Welt davon zu überzeugen, daß Deutscher nicht ‚Mörder' bedeutet. Nein, er hat das anders gesagt, witziger. ‚Das bedeutet nicht unbedingt Mörder.'" Er brach in ein undefinierbares Gelächter aus und wiederholte: „nicht unbedingt."

Lisa wurde blaß, ihre Lippen zitterten, ihre Lider flatterten nervös. Einen Augenblick lang rang sie mit sich.

„Walter … Könntest du deine Diskussionen mit Bradley nicht in meiner Abwesenheit führen?"

„Aber Lieschen …"

„Ich kann das nicht hören. Ich bin einfach dazu nicht imstande. Ruhe und Vergnügen sollte diese Reise sein …"

„Du hast recht", gab er nach einer Weile reumütig zu. „Natürlich …"

Zum Glück erschien Bradley, der schon von weitem eine Flasche in die Höhe hob, eine anscheinend außergewöhnliche Beute. Er war ein Mann vom Typ des „großen Jungen", hinlänglich in vielen amerikanischen Filmen strapaziert. Doch der „Junge" hatte bereits graue Schläfen, die mit dem Typ, den er repräsentierte, nicht übereinstimmten, tiefe Falten um den Mund, aber das Lächeln eines Kindes. „Das ist speziell für Sie", sagte er zu Lisa in einem etwas komisch wirkenden Deutsch. „Sehen Sie … Das machte einige Bemühungen beim Barmann erforderlich."

Er füllte die Gläser.

„Sie erlauben, daß ich auf die Reise und auf unsere nähere Bekanntschaft trinke?"

Sie lächelte ihn an.

„Wir freuen uns sehr darüber."

„Und auf Doktor Streit, der uns miteinander bekannt gemacht hat. Oh, daran sehe ich, daß er ein Taktiker ist."

„Zu Doktor Streit", sagte Walter, „haben wir ein fast freundschaftliches Verhältnis."

„Nun, wohl nicht so eines wie ich", sagte Bradley lachend. „Hier liegt die Sache bereits auf einer anderen Ebene, das werden Sie zugeben. Er bleibt für mich immer der Erste – ‚mein Erster' von der anderen Seite – so wie ich für ihn der Erste von dieser Seite sein werde. Aber Sie wissen nicht, gnädige Frau, worum es geht. Nun, ich habe Doktor Streit kennengelernt, als ich die Tore von Dachau aus den Angeln hob …"

„Entschuldigen Sie bitte", unterbrach ihn Walter lächelnd, „aber meine Frau gehört nicht zu den Menschen, mit denen man ‚über alles reden kann'."

Bradley war verwirrt.

„Sie hat … zu schwache Nerven", fügte Walter hinzu.

„Oh, es ist schlecht, daß Sie mich nicht gewarnt haben. Ich hätte mir doch niemals erlaubt …, eigentlich haben Sie recht, Frau Kretschmer. Das ist wirklich nicht der Ort und nicht die Zeit für derartige Erinnerungen. Außerdem hätte ich mir denken können, daß Sie, und das nicht nur hier, diese düsteren Geschichten überhaupt nicht interessieren. An die Kriegszeit werden Sie sich sicher nur wenig erinnern können. Sie müssen damals ja noch ein Kind gewesen sein."

Ein Schweigen trat ein, dem gegenüber sie alle drei machtlos waren. Lisa, die etwas wie „es macht nichts" murmelte und sich mit dieser banalen Bemerkung erfolglos bemühte, die peinliche Situation zu überbrücken, verstummte und richtete ihren Blick erwartungsvoll auf Walter. Dieser jedoch reagierte nicht auf ihre stumme Bitte. Ruhig, als würde er in ihrer Situation nichts Peinliches bemerken, zündete er sich eine Zigarette an, die ihm Bradley angeboten hatte. Inzwischen erklang aus dem Saal, wo der Tanztee stattfand, wieder Musik. Das Interesse für die Tanzenden, die in der Türöffnung erschienen, erlaubte, selbst wenn es nur vorgetäuscht war, diesen unangenehmen Zwischenfall zu überspielen. Alle drei wandten sich schnell dem Saal zu, wobei sie sich offensichtlich selbst des unangenehmen Augenblicks bewußt waren.

„Eine merkwürdige Gesellschaft", sagte Walter, indem er auf jene Gruppe wies, die in der Nähe des Orchesters um die zusammengestellten Tische saß.

„Irgendeine internationale Organisation von Frontkämpfern des zweiten Weltkrieges", erklärte Bradley.

„Eine interessante Truppe … Ein Pastor fehlt auch nicht."

„Das ist sogar ein deutscher Pastor, wenn Sie es wissen wollen, Herr Kretschmer", sagte Bradley lächelnd. „Sie fahren nach Amerika zu einer dieser pazifistischen Konferenzen."

In diesem Augenblick grüßte er jemanden.

„Haben Sie Bekannte unter ihnen?" fragte Lisa.

„Nein. Diese Dame, das ist die Passagierin aus Kabine 45, meine Nachbarin. Wir begegnen uns oft auf dem Korridor."

„Das ist doch die …", begann Walter, doch er verstummte, als er seine Frau ansah. „Sie hat eine interessante Art zu blicken. Als wenn sie … durch einen hindurchsehen würde."

Lisas Hand zitterte, sie verschüttete etwas Cognac auf das Tischtuch.

In diesem Augenblick neigte sich die Unbekannte zu ihrem Nachbarn. Dieser nickte und ging zum Dirigenten, dem er einige Worte zuflüsterte. Das verständnisinnige, etwas belustigte Lächeln, mit dem der Dirigent diese Worte aufnahm, versprach etwas Pikantes, irgendeine kleine Sensation. Die Gäste unterbrachen ihre Gespräche, und in der Stille erklang ein fröhlicher Gesang.

Ich brauche keine Millionen,
Mir fehlt kein Pfennig zum Glück,
Ich brauche weiter nichts
Als nur Musik, Musik, Musik.

„Spaßvögel." Walter lächelte. „Da haben sie aber einen ‚Schlager' ausgegraben. Der ist doch aus irgendeiner uralten Operette, erinnerst du dich, Lieschen?"

Sie schüttelte verneinend den Kopf, wandte sich ab und stützte ihre Ellenbogen auf den Tischrand. Das leere Glas in ihrer Hand zitterte. Sie stellte es hin. Die Unbekannte ging durch den Saal und blieb an der Tür zur Bar stehen. Sie drehte sich um und sah auf die Anwesenden. Für einen Moment trafen sich ihre und Walters Blicke.

„Haben Sie Ihre Sympathien dieser Dame zugewandt …?" fragte Bradley lächelnd.

„Ihre Bekannte hat merkwürdige Augen", antwortete Walter. „Ich bin keineswegs sicher, daß sie mich wirklich sieht …, wenn sie mich anschaut."

Lisa erhob sich.

„Entschuldigen Sie mich für einen Moment, meine Herren. Ich komme gleich zurück …"

Der Solist geriet in Begeisterung. Man sah, wie er sich an seiner Fähigkeit berauschte, den veralteten Stil zu parodieren.

Ich brauche keine Millionen,
Mir fehlt kein Pfennig zum Glück,
Ich brauche deine Liebe
Und Musik, Musik, Musik …

Die Unbekannte schaute selbst dann ungerührt vor sich hin, als der Beifall losbrach, dann ging sie wieder nach hinten in den Saal zu ihrer Gesellschaft.

„Ob Ihrer Frau etwas zugestoßen ist?" fragte Bradley beunruhigt, als Lisa nach längerer Zeit immer noch nicht zurückkehrte.

Walter entschuldigte sich bei ihm. Er müsse hingehen und nachsehen. Sie fühle sich nicht sehr gut …

Er fand sie halb liegend im Sessel. Ihre Augen waren geschlossen. Sie rührte sich nicht, als er hereinkam. Er trat zu ihr.

„Liebling …? Ist es so schlimm?"

„Ja", erwiderte sie schwach. „Mir ist schlecht."

„Ich gehe gleich zum Arzt."

„Nicht nötig!"

„Ich verstehe dich nicht. Wenn du krank bist …"

„Ich habe schon Tabletten genommen. Sie haben dort sowieso nichts anderes."

Er setzte sich auf die Sessellehne und nahm ihre Hand.

18

„Lieschen, Liebling, was ist mit dir? Kannst du es mir nicht sagen?"

„Das ist wohl ... die Seekrankheit."

Er schaute sie eine Weile wortlos an, bevor er wieder fragte:

„Bist du sicher, daß es das ist?"

„Ich weiß nicht ... Dieses Schlingern ..."

„Nun gut", sagte er. „Gut. Du willst keinen Arzt. Wie soll man dir da helfen? Was soll ich tun?"

Ohne die Augen zu öffnen, sagte sie:

„Ich möchte nicht, daß du dich dadurch stören läßt. Geh zu Bradley zurück." Und sofort, als würde sie von einer plötzlichen Angst ergriffen, fügte sie hinzu: „Aber bleib nicht zu lange, Walter."

*

„Ich bin mit Ihnen aber nicht ganz einverstanden, Mister Bradley, trotz allem – nicht ganz. Insbesondere nicht mit der These, die, ich will vereinfachen, Ihrer Definition von dem Einverständnis mit dem Verbrechen immanent ist. Sie sagten, daß gerade dieses Einverständnis mit dem Verbrechen, zumindest nach Ihrer Meinung, die größte Schuld der Deutschen ist – obwohl es hier keine wissenschaftliche Methode gibt, diese Schuld zu messen und zu definieren. Sie sei in ihrer psychologischen Konsequenz jener ... ,Tat' gleich, deren Monstrosität Fichtes Theorie der Tat wohl nicht voraussehen konnte? Hier eben kann ich mit Ihnen nicht ganz einverstanden sein, obwohl ich Ihre Prämissen akzeptiere, auf die Sie Ihre Schlußfolgerungen stützen – wenn auch nicht in vollem Umfang, so doch jedenfalls sehr weitgehend.

Ich glaube Ihnen, daß Sie in Westdeutschland Leuten begegnet sind, die allzugern vergessen haben, wer die Welt in jenes Jahr 1939 getrieben hat, das mehrere zehn Millionen Tote zur Folge hatte. Diese Leute sprechen von dem Unrecht, das den Deutschen zugefügt wurde, und, was noch schlimmer ist, sie sind von diesem Unrecht ehrlich überzeugt. Und ich bin mit Ihnen einverstanden, daß dies ein idealer Nährboden für neue berauschende Ideen ist, für die – wie Sie sagen – die mit Mystizismus infizierte deutsche Seele so sehr empfänglich ist.

19

Ich glaube Ihnen, wenn Sie sagen, daß jemand, der seit fünfzig Jahren in der Nähe von Dachau wohnt, behauptet, er habe nicht gewußt, was dort geschah. Die Mehrzahl der Deutschen sagt in solchen Fällen ‚Davon weiß ich nichts'. Sie wußten es damals nicht, als die Öfen der Krematorien rauchten, als sie im Rahmen der ‚Winterhilfe' Kleidungsstücke in Empfang nahmen, die den Ermordeten gehört haben, und damit sogar konkrete Beweise in der Hand hielten. Warum sollten sie es also jetzt wissen, da ihnen der historische Gesichtspunkt eine kühle Distanz erlaubt, eine schulterzuckende Gleichgültigkeit? Man kann doch wohl von niemandem verlangen, daß er ein emotional lebendiges Verhältnis zur Geschichte hat, denn es ist ja Geschichte geworden, wenn nicht gar eine historische Legende, die heutige Paraphrase der Nibelungensage. Warum sollten sie gerade diese Sage über die anderen stellen? Das würde bedeuten, daß sie in ihr eine Ausnahme sehen und dieser Sage so den Rang zuerkennen, den ihr die reale Existenz verleiht. Aber das können sie nicht wollen. Ich weiß das genausogut wie Sie, Mister Bradley. Und ebenso wie Sie begreife ich das als Unlust, dem damaligen Geschehen den Rang einer Ausnahme zu verleihen. Ich gehe sogar weiter: In diesem ‚Davon weiß ich nichts' bemerke ich den unausgesprochenen, vielleicht sogar unbewußten Willen, jenes Geschehen zu rechtfertigen, nach der jedem Deutschen ‚angeborenen' Überzeugung – ich gebrauche, wie Sie sehen, das bei allen Spezialisten der deutschen Psyche so beliebte Adjektiv – also gemäß der jedem hier angeborenen Überzeugung, der Hegel Ausdruck gab, als er sagte, daß die Wirklichkeit, jede Wirklichkeit, wie immer sie auch sein mag, logisch und notwendig ist. Und aus allen diesen Gründen kann ich nicht protestieren, wenn Sie von der seltsamen Symbiose sprechen, in der das Einverständnis mit dem Verbrechen und die Tendenz zur Läuterung in der deutschen Seele leben. Bitte beachten Sie, daß ich mich auf der Linie Ihrer Argumentation bewege, wobei ich hier die Deutschen aus der Ostzone außer acht lasse, obwohl Sie meinten, daß ‚man ihnen wenigstens das als Plus anrechnen kann', daß sie nicht erstaunt sind, wenn sie das Wort Auschwitz hören. Denn ich verstehe, daß Sie diesen Fakt in Ihren Erwägungen über den Charakter der Deutschen nicht berücksichtigt haben, obzwar Sie meinen, und sicher zu Recht, daß das, was jene sagen, nicht unbedingt mit dem übereinstimmen muß, was sie denken. Nun – verlassen wir diesen Seitenweg und kehren wir zum Beginn des Gedankengangs zurück. Da bin ich sogar einverstanden mit der Formulierung über die Symbiose, in der das Einverständnis mit dem Verbrechen und der deklarierte Wille zu Erneuerung des nationalen Geistes in der deutschen Seele leben, allerdings mit einigen Einschränkungen. Aber ich will mit einer detaillierten Darlegung noch warten, denn ich weiß, daß Sie in diesem Augenblick von mir weniger eine detaillierte Diskussion erwarten als eine Antwort – und diese Antwort möchte ich Ihnen, natürlich soweit ich es vermag, geben.

Also, allgemein betrachtet, bin ich im großen und ganzen mit Ihren Beobachtungen und Schlußfolgerungen einverstanden, obwohl diese für jemanden, der von außen kommt, der in den Jahren von 1933 bis 1945 nicht in Deutschland war, verzeihen Sie mir, fast unmöglich sind. Sie sind mit Doktor Streit befreundet, und sicher haben Sie schon häufig seinen Satz gehört: ,Es ist unmöglich, daß jemand das Leben im KZ, die Moral der KZ-Gemeinschaft und ihre Psychologie begreift, wenn er nicht dort gewesen ist.' Ich bediene mich dieser Äußerung, um meine Behauptung von der Unmöglichkeit von Schlußfolgerungen zu begründen. Deutschland, Mister Bradley, war mit seiner 80-Millionen-Bevölkerung und seinem Gebiet von 555000 Quadratkilometern insgesamt ein KZ.''

Bradley lächelte unmerklich. Vielleicht war das auch gar kein Lächeln, diese kaum bemerkbare Vertiefung der Falten, die in diesem Jungengesicht eher an Narben denken ließen. Er ließ höflich eine kleine Weile verstreichen, darauf wartend, daß Walter seine Rede fortsetzte, dann sagte er:

„Erlauben Sie, Herr Kretschmer, daß ich Sie auf eine kleine Abweichung von der Linie meiner Argumentation aufmerksam mache.''

Walter nickte ermunternd.

„Als ich von dem Einverständnis mit dem Verbrechen sprach, hatte ich nicht die Haltung des deutschen Volkes zur Zeit Hitlers im Sinn. Ich verstehe, was damals eine Widerrede bedeutete, schon gar nicht zu reden vom Widerstand. In diesem Sinn ist jene Haltung für mich, wenn nicht gerechtfertigt, so zumindest erklärbar. Mich interessiert Ihr Land, wie es heute ist, natürlich in einer gewissen Beziehung zu dem, was die konkrete Vergangenheit seines Volkes ist. Und … das nicht mal im Hinblick auf irgendein Verlangen nach Vergeltung, obwohl das doch nur natürlich wäre, sondern aus, sagen wir mal, rein praktischen Gründen. Ich bin

Journalist, wie Sie wissen, Herr Kretschmer, ein Journalist mit historischer Bildung, und manchmal … reizen mich Prophezeiungen."

„Sie stützen sie auf das Verhältnis der heutigen Deutschen zu der ‚Tat', wie Sie es nennen?"

„Unter anderem auch darauf, Herr Kretschmer."

„Ich verstehe", sagte Walter, „und ich werde mich bemühen, Ihnen zu antworten. Wobei Sie mir sicher verzeihen werden, wenn ich Ihnen bei dieser Gelegenheit einige Worte über mich selbst sage. Ich habe dazu insofern das Recht, als daß ich zu der Kategorie von Deutschen gehöre, die nach Ihrer Einteilung – hier KZ-Häftlinge und dort der Rest – von Ihnen global verurteilt wurde. Denn wenn allein die KZ-Häftlinge unschuldig sind, absolut unschuldig, sowohl der Vergangenheit als auch der Gegenwart gegenüber, und vielleicht sogar auch gegenüber der Zukunft, dann ist der ganze Rest schuldig. Der ganze Rest, der, hat er nicht aktiv am Verbrechen teilgenommen, doch aus dem Verbrechen Nutzen gezogen, sich von seinen Abfällen genährt hat. Das ist Ihr Standpunkt, wenn ich recht verstanden habe. Erlauben Sie, daß ich um eine genauere Definition bitte? Wovon hat eigentlich dieser Rest Nutzen gezogen? Von dem Vermögen der Ermordeten?"

„Sie wissen", antwortete Bradley, „daß ich das nicht meine. Natürlich hat sich ein gewisser Teil des Volkes davon ernährt. Aber das ganze Volk nährte sich von den Triumphen Deutschlands, vom Siegesrausch, das ganze Volk lebte von der Hoffnung auf ein Weltimperium wie vom täglichen Brot …"

„Oh!", sagte Walter nur, „oh …, freigesprochen wurden die, die an Menschen Experimente vorgenommen haben, wie man sie sonst nur an Versuchstieren vornimmt, aber Sie verurteilen andere für … ihre Hoffnung?"

„Jene wurden freigesprochen durch diese und dank ihnen." Bradleys Stimme klang überraschend hart. „Weil sich jenes Menschlein, das davon geträumt hat, zum Ural zu ziehen, um Barbaren zu zivilisieren, in seinem kleinen Gewissen die Absolution erteilt hat, wurde auch jenen die Absolution erteilt, die ihn erst mit diesem Traum entflammt haben, um ihn dann zur Teilnahme bei der Realisierung dieses Traumes zu pressen. Denn bitte sagen Sie mir, wie viele Deutsche gab es, die nicht den Sieg erhofften, sondern die Niederlage? Thomas Mann? Und wer noch?"

„Sie haben eine schwierige Frage gestellt, ich würde sogar sagen, und ich bitte, mir das nicht übelzunehmen, eine demagogische Frage. Und während Sie die Deutschen für ihr Verlangen nach Größe verdammen, lassen Sie gleichzeitig erkennen, daß Sie selbst von ihnen diese Größe fordern. Eine um vieles schwieriger zu erringende, eine fast tragische Größe. Denn ist es eine normale Forderung, eine mit den gebräuchlichen, seit Jahrhunderten geltenden ethischen Normen übereinstimmende Forderung, daß jemand die Niederlage seines Volkes wünschten soll, sofern er kein Renegat oder … ein Genie ist?

Sehen Sie, wie groß die Spannweite zwischen dem einen und dem anderen ist? Ich weiß, ich weiß, in Ihnen sträubt sich jetzt alles, vielleicht sind Sie in der Tiefe Ihrer Seele sogar empört. Und ich weiß auch, was Sie mir sagen wollen: daß darüber, wer Renegat und wer Genie ist, das Ziel entscheidet, das sein Volk anstrebt. Renegaten waren jene Vertreter der besiegten Völker, die mit den Deutschen zusammenarbeiten, dagegen war Thomas Mann unzweifelhaft ein Genius der Klugheit, der Menschlichkeit und des Deutschtums, jawohl, des Deutschtums, das die Welt in dem Wort von dem Volk der Dichter und Denker anerkannt hat. Aber ich frage Sie: Wie viele Menschen konnten wissen, daß die Ziele des Deutschen Reiches verbrecherisch waren? Um das zu wissen, so klar zu wissen, so von Anfang an, mußte man eben Thomas Mann sein. Absichtlich erwähne ich nicht die Namen anderer großer Geister dieser Epoche, da in ihrer Erkenntnis auch noch andere Faktoren eine Rolle spielen konnten, gehörten sie doch einem Volke an, dem gegenüber der Faschismus in erster Linie sein wahres Gesicht gezeigt hat. Aber trotzdem sage ich Ihnen, Mister Bradley, daß es noch mehr von jenen gab, die eine Niederlage Deutschlands wünschten. Und wieder, um mir die Aufgabe nicht zu leicht zu machen, werde ich mich nicht auf die deutschen Häftlinge der Konzentrationslager berufen. Sie wissen ja, sie zählten zu Hunderttausenden. Ich werde Ihnen von denen erzählen, die bei der Anwendung Ihrer Einteilung mit den Verbrechern des Regimes gleichgesetzt wurden. Und das nur darum, weil sie nicht seine Opfer waren. Sie werden, wenn Sie überlegen, zugeben, daß dies eine verkehrte Gerechtigkeit wäre. Und erlauben Sie mir, Ihre Kategorien um eine weitere zu ergänzen. Und zwar: die KZ-Häftlinge, ihre Bewacher und … der ganze Rest. Ich kämpfe um diesen Rest, denn er ist am wesentlichsten. Das ist der Teil des Volkes, der weder zu den kämpfenden Antifaschisten noch zu der Prätorianergarde des Regimes gehörte. Das war die Hälfte des Volkes, Mister Bradley, die Masse, die, weil sie passiv war, weder von Ihnen noch von denen, die das deutsche Volk insgesamt verurteilt haben, bemerkt wurde. Ich habe ein Recht, im Namen dieser Masse zu sprechen, denn ich bin ein Teil von ihr. Und vielleicht wird Ihnen lächerlich erscheinen, was ich Ihnen jetzt sage – aber ich war einer von denen, die die Niederlage Deutschlands wünschten. Nein, nein, ich möchte nicht, daß Sie die Bedeutung meiner Haltung überschätzen, Sie hätten ja Mühe, mich einzuordnen, insbesondere da in einer etwas überraschenden und für mich recht peinlichen Weise mein Name neben – dem Namen von Thomas Mann stehen müßte. Um Ihnen also das von seinen Voraussetzungen her recht schwierige Verständnis dieser Haltung zu erleichtern, sage ich Ihnen, daß ich von Anfang an wußte, daß ein Sieg unmöglich ist. Mein Wunsch hatte daher nicht jenes paralysierende Hindernis zu überwinden, wie es die Selbsterkenntnis der Hoffnungslosigkeit ist. Er war unerschütterlich, nicht beunruhigt durch Zweifel und konzentrierte sich ungestört auf eines: auf das Warten, wann die Niederlage eintreten werde.

Woher hatte ich diese Gewißheit? Mein Vater war Invalide aus dem ersten Krieg, er hatte bestimmte Anschauungen über den Krieg und die Parolen, in deren Namen der Kaiser Millionen zur Schlachtbank jagte. 1933 wurde mein Vater auf der Straße regelrecht abgeschlachtet. Er versuchte einen Kameraden vom Frontkämpferbund zu verteidigen, der von SA-Männern überfallen wurde. Dies ist ein Teil meines Entnazifizierungsfragebogens, Mister Bradley. Der zweite Teil ist mein Onkel, am Ende des Krieges SS-Standartenführer. Als meine Mutter allein blieb, hat er in gewissem Sinne für mich gesorgt. Wissen Sie, was so eine ‚Fürsorge‘ bedeutet? Wenn Sie sich, wenn auch nur in einem bestimmten Grade, vorstellen können, welchem propagandistischem Druck jeder junge Mensch im Hitlerreich ausgesetzt war, dann zählen Sie zu diesem Druck noch einige Atmosphären hinzu im Falle eines Menschen, der das zweifelhafte Glück hatte, in seiner Familie solch eine Person zu haben.

Ich bin freiwillig in die Wehrmacht gegangen. Ja, Mister Bradley. Ihre Kollegen in der Entnazifizierungskommission hatten 1945 gewisse Schwierigkeiten damit. Aber eigentlich hatten sie sie nicht. Die Sache war ja eindeutig. Noch vor meiner Einberufung bin ich von mir aus kämpfen gegangen, aber nicht ‚für das Vaterland'. Wissen Sie, ich habe in meine eigene Terminologie eine Differenzierung zwischen den Begriffen ‚für das Vaterland' und ‚um das Vaterland' eingeführt. ‚Für das Vaterland' bedeutete – zu seiner Verteidigung, ‚um das Vaterland' bedeutete – um seine Ausdehnung, um die Erweiterung seines Territoriums. Natürlich ist diese Differenzierung durch und durch subjektiv und hat mir der Präzision einer philosophischen Kategorie nichts gemein. Es ist nur, ich will mal sagen, ein Arbeitsbegriff für den eigenen Gebrauch. Ich bin also freiwillig kämpfen gegangen ‚um das Vaterland', oder um das Weltreich Hitlers.

Und nun sage ich es Ihnen. Sage Ihnen das, was ich denen, Ihren Kollegen von der Entnazifizierungskommission, nicht gesagt habe. Ich habe mich vor meiner Einberufung freiwillig zur Wehrmacht gemeldet, damit ich nicht in die SS eintreten mußte. Das Drängen meines Onkels und meiner Mutter, die vom Onkel fast erpreßt wurde, war allzu groß. Ich wurde mir damals über zwei Dinge klar: daß ich es nicht fertig bringe, ein Held zu sein, das heißt, daß ich mich niemals entschließen könnte, mich dem Zwang offen entgegenzustellen, und daß ich gleichzeitig keine, überhaupt keine Lust hatte, ein Schwein zu sein. Und darin war ich keineswegs originell. Niemand will ein Schwein sein, Mister Bradley, lassen Sie mich das sagen. Es sei denn, nur die, die schon so geboren wurden und sich keine andere Daseinsform vorstellen können und sich deshalb bemühen, in ihrer Gattung die Vollkommenheit zu erreichen.

Sucht man nun nach den Quellen meiner Abneigung gegenüber der SS, wird man nichts davon finden, was Sie als Motiv einer solchen Abneigung erwarten. Ich wußte damals noch nicht, was hinter den Stacheldrähten der Konzentrationslager geschah. Die alten Lager im Reich ließen nicht die kleinste Nachricht nach außen dringen, die entlassenen Häftlinge schwiegen. Die Gaskammern von Auschwitz schließlich – und aus diesem Lager drang zum erstenmal etwas von dem dortigen Geschehen in die Außenwelt –, die Gaskammern waren damals noch nicht in Betrieb. Also war meine Abneigung gegenüber der SS ganz sicher mehr intuitiv als bewußt. Und nur dieser Intuition verdanke ich, daß ich nicht Mitglied einer verbrecherischen Organisation wurde wie manche meiner Kollegen, selbst die Akademiker unter ihnen. Es waren dies ja Zeiten, in denen alles von einem Tag zum anderen geschah, ein unschuldiger Schritt – und man betrat einen Weg, der zu dem Titel „Kriegsverbrecher" führte. Bitte, verstehen Sie mich nicht falsch, ich will nicht diejenigen rechtfertigen, die diesen Titel erworben haben, aber ich bitte zu überlegen, wer konnte eine solche Fähigkeit, eine solche Phantasie besitzen, um vorauszusehen, daß Menschen, die heute mit dem Stern am Ärmel herumliefen, schon morgen in den Gaskammern sterben würden. Also hat mich nur mein Instinkt davor bewahrt, daß ich diesen Menschen nicht beim Betreten der Gaskammern helfen mußte, oder davor ..., ein Held zu werden, wozu ich ebensowenig Lust hatte.

Ich fand mich also an der Ostfront als freiwilliger Teilnehmer am Kampf gegen die Bolschewiken. Nein, nein, ich dachte nicht daran, überzulaufen. Ich konnte doch nicht wollen, daß sie mit mir das machten was wir mit ihnen. Wir, das bedeutet, Mister Bradley, nicht die Wehrmacht, obwohl die Wehrmacht, wie man sagt, auch nicht immer in Ordnung war, sondern es bedeutet: wir, die Deutschen. Wie Sie sehen, sanktioniere ich mit diesem ‚wir' gewissermaßen den von euch angewandten Grundsatz der kollektiven Verantwortung."

„Sie wollen doch nicht behaupten", warf Bradley ein, „daß das unsere Erfindung ist!"

„Nein", widersprach Walter rasch, „das meinte ich nicht. Aber das ist ein anderes Problem, obwohl es in gewissem Grade mit dem Problem verbunden ist, das Sie als ‚keiner weiß was' präzisiert haben. Ich hoffe, daß wir schließlich auch darauf zu sprechen kommen. Jetzt jedoch möchte ich Ihnen nur mit einigen Worten von der Ostfront erzählen. Ich war eine Zeitlang in einem Abschnitt, wo unser Regiment neben einer SS-Division kämpfte. Sie wissen ja wohl, daß es außer diesen Divisionen noch die SS-Polizei oder die Totenkopf-Truppen, die SS-Standarten gab ..."

Mr. Bradley nickte und bot Walter eine Zigarre an. Walter dankte und begann sie sorgfältig abzuschneiden. Eine Weile saßen sie schweigend und rauchten. Es war eine gute Zigarre, und Walter, der den sich in der klaren Luft auflösenden, duftenden Rauch mit den Augen verfolgte, sah ein anderes Bild: verschneite Schützengräben, in Pelze eingemummte Soldaten und ihren Atem, der in der Luft fast gefror. Er dachte daran, daß es schade sei, daß Lisa nicht gekommen war. Dann gäbe es dieses ermüdende Gespräch nicht. Sie sollte bei ihrem Tennisspiel als Schiedsrichter fungieren, aber sie hatten den dritten Satz beendet, und sie war immer noch nicht gekommen. Da er annahm, daß sie nach dem Mittagessen eingeschlafen war, wollte er sie nicht holen. Er glaubte, daß der Schlaf besser als jede Medizin dem Körper helfen würde, die Seekrankheit zu überwinden, die übrigens höchstwahrscheinlich bereits vorbei war. Lisa fühlte sich heute besser, sie war guter Laune und frisch. Zwar hatte sie das Frühstück noch in der Kabine eingenommen, aber sie verbrachte am Vormittag zwei Stunden an Deck und kam zum Mittagessen auch in den Speisesaal. Sie baten Mr. Bradley an ihren Tisch, was sich als ein sehr glücklicher Einfall erwies, denn er kannte Brasilien gut, ebensogut wie den Kreis, in den Kretschmers Eingang finden sollten. Er charakterisierte dieses Milieu treffend, mit feiner Ironie, und gab seiner Erzählung durch witzige Anekdoten Farbe. Merkwürdig, dachte Walter, wie anders er vorhin war und wie anders er jetzt ist. Da er offensichtlich bemerkt hatte, was für einen Eindruck seine Bemerkung über Dachau auf Lisa machte, erlaubte er sich heute nicht die kleinste Anspielung auf dieses Thema. Obwohl er das Gespräch über dieses Thema suchte, und noch mehr, er suchte deutsche Gesprächspartner. So, wie er von diesem Thema fasziniert war, hatte das etwas von einer Psychose, und wenn derartige Diskussionen die ganze Zeit der Reise ausfüllen sollten, waren die Aussichten von vornherein unerfreulich. Walter verwünschte Streit in Gedanken. Wozu, zum Teufel, mußte er Bradley sagen, daß man mit ihm „über alles sprechen kann"! Die anderen sollten solche Gespräche führen, die, denen man das alles zu verdanken hat. Sollen sie doch ihr Abbild im Gewissen der Welt sehen! Aber was soll's? Er seufzte. Die einzige Hoffnung war, daß Lisas Gegenwart Bradleys Ungestüm dämpfte. Vielleicht sollte man ihre Empfindlichkeit noch irgendwie hervorheben? Vielleicht sollte man andeuten, daß sie jemanden im Konzentrationslager verloren hat? Er setzte sich bequemer auf die harte Bank, auf der sie, abgesondert von dem Trubel an Deck, allein saßen. Nun, was sollte man da machen? Man mußte seine Pflicht erfüllen ...

„Damals also", begann er von neuem, „sah ich zum erstenmal das, was ich vielleicht nur instinktiv fühlte, als ich vor der ‚Chance', in die SS einzutreten, an die Front floh. Ich habe es nicht mal vermutet, ich habe es nur geahnt. Ich sah die SS im Einsatz. Nein, es war keine militärische Aktion, hier kann man ihnen nichts vorwerfen, sie waren gute Soldaten – es war eine Sonderaktion. So könnte man es nennen, obwohl dieser Terminus im Zusammenhang mit anderen Handlungen geprägt wurde. Es ging hier um die Liquidierung zweier ukrainischer Dörfer. Damals sagte ich mir, daß ich alles tun muß, um dort herauszukommen, und wenn mir das nicht gelänge, dann mußte ich versuchen, mich so weit wie möglich von dieser Schweinerei fernzuhalten, so weit weg wie möglich von diesen ‚Verwandten‘ in der Nachbargruppe. Denn wir kämpften ja unter einer gemeinsamen Führung, und ihre Taten gingen auf die Rechnung der ganzen Armee. Außerdem konnte es eines Tages geschehen, daß ich den Befehl bekam, an der Liquidierung der Zivilbevölkerung teilzunehmen. Wie Sie also sehen, kam mir eine offene Befehlsverweigerung gar nicht in den Sinn. Ich konnte mich mit der Rolle eines Helden in keiner Weise anfreunden. Ich wollte eine Chance haben, eins zu hundert, aber ich wollte sie haben. Helden haben im allgemeinen keine. Ich suchte eine Kugel, Mister Bradley. Das ist eine merkwürdige Sache. Sie als Soldat wissen das ja auch, im allgemeinen meiden die Kugeln diejenigen, die sie suchen. Aber meine Kugel war gnädig. Ich bekam einen Schuß in den Schenkel. Es war keine glatte Wunde, aber es war auch nicht allzu gefährlich. Nach zwei, drei Monaten konnte ich wieder an die Front zurückkehren. Ich wußte übrigens, daß ich zurückkehre. Es gab keine Flucht aus Deutschland, es sei denn in die SS, in den Dienst im Konzentrationslager, aber schon damals hatte ich meinen eigenen Plan. Die polnischen Partisanen haben mir dabei sehr geholfen. Unser Sanitätszug ist, weil man an ihn einige Munitionswagen angehängt hatte, irgendwo bei Krakau in die Luft geflogen. Bei dieser Gelegenheit konnte ich natürlich meiner Wunde straflos nachhelfen. Der Arzt konnte mir nicht vorwerfen, daß ich nicht so schnell ‚gesund werden wollte‘ wie es das Vaterland forderte. Es war klar, daß mich die ganze Geschichte das Leben oder zumindest das Bein kosten konnte, aber irgend etwas mußte ich ja riskieren. Acht Monate lag ich im Krankenhaus. Mein Onkel, der von meiner Tapferkeit erbaut war – ich habe ein Kreuz dafür bekommen, jawohl! –, kam abermals auf seinen Vorschlag zurück und bot mir ein warmes und sicheres Plätzchen in einem der kleineren Lager an. Gequält von den Bitten meiner Mutter, die mich anflehte, diesen ‚Posten‘ anzunehmen, mußte ich wieder an die Front fliehen. Sie sprachen von der Hoffnung auf den Sieg, aber, wie Sie an meiner Mutter sehen können, war es in vielen Fällen nur die Hoffnung auf das Ende des Krieges, auf die Rettung derjenigen, die noch nicht ermordet waren. Dank meines Onkels, der damals schon SS-Obersturmbannführer war und dessen Hilfe ich bei der Verwirklichung meines Planes ausnutzen wollte, kam ich an die Westfront. Und hier geriet ich zusammen mit meiner Abteilung in Gefangenschaft. Ich versichere Ihnen, das war nicht leicht. Unser Kommandant fiel, er fiel durch eine deutsche Kugel. Alle diese Jungs, mit Ausnahme jenes Kommandanten, träumten ebensowenig wie ich vom deutschen Sieg, sie wünschten ihn keineswegs, obwohl es sein mag, daß sie vor allem nicht sterben wollten. Und ist es nicht merkwürdig, daß nichts anderes als der Umstand, daß ich in meiner Familie ein vollendetes Schwein hatte, mir die Möglichkeit gab, um es so zu sagen, meine Reinheit zu bewahren. Natürlich bin ich mir darüber klar, daß diese Reinheit relativ ist, denn sie entspricht ja keinem der Kriterien, die man auf uns anwendet."

Er verstummte plötzlich, erschrocken durch einen völlig neuen, schockierenden Gedanken. Warum war dieser Amerikaner der erste, der die Wahrheit erfuhr? Denn sogar Lisa wußte nur, daß er in Gefangenschaft geriet. Er hatte allen immer wieder diese Version erzählt, daß er fast vergessen hatte, wie es wirklich war. Und sofort antwortete er sich selbst mit einer gegenüber sich selbst rücksichtslosen Nüchternheit: In Deutschland war es ihm nicht erlaubt, sich dazu zu bekennen, es war nicht erlaubt, zu sagen: „Ich wollte für Hitler nicht kämpfen, also bin ich desertiert." Es war nicht erlaubt bei Strafe eines Bannfluchs. So sah die Wahrheit aus, trotz allem, was er in dieser halben Stunde zusammengestottert hatte, in der Absicht, den Amerikaner zu überzeugen. Er war noch nicht ganz fertig mit dieser Diagnose, er wollte sie noch zu Ende denken, als Bradley zu sprechen begann. Er fragte gleichgültig, so wie man tausendmal fragt, aus reiner Neugierde, ohne jeden Hintergedanken:

„Und was ist aus Ihrem Onkel geworden? Wenn diese Frage nicht aufdringlich ist ..."

„Nichts dergleichen", widersprach Walter, diesen neuen, gleichgültigen Ton aufgreifend. „Ich kann es Ihnen sagen. Er bekam '46 fünfzehn Jahre. Zehn davon hat er abgesessen und den Rest ..."

„... schenkte man ihm zusammen mit einer Rente", fiel ihm Bradley ins Wort. „Und jetzt sitzt er in irgendeinem kleinen Städtchen Westdeutschlands im Glorienschein seiner Leiden für das Vaterland, und alle, selbst die, die damals auf die andere Straßenseite gingen, um so einen wie ihn nicht grüßen zu müssen, suchen heute die Gelegenheit, um ihn mit einem ‚Guten Tag, Herr ..., Herr ... Oberst' zu begrüßen."

„Wie können Sie das wissen?!" Walter vermochte seine Verwirrung nicht zu verbergen. Er begann dieses Gespräch zu hassen.

„Bitte, verzeihen Sie mir. Ich wollte natürlich nicht sagen, daß es in diesem konkreten Fall genau so ist, um Gottes willen, oder daß auch Sie ihn so grüßen. Wenn Sie das so verstanden haben, dann bitte ich herzlich um Entschuldigung. Ich habe vielmehr alle ähnlichen Fälle im Sinn. Und wenn Sie noch ein wenig Geduld für mich haben, Herr Kretschmer, so möchte ich zu einem Ausdruck zurückkehren, den ich anfangs benutzt habe. Eben dieses meinte ich mit dem ‚Einverständnis mit dem Verbrechen'. Und dieses Einverständnis erachte ich als die Schuld der Deutschen, die weit über den Umfang und die Schwere jener anderen Schuld hinausgeht. Und auch Sie, Herr Kretschmer, müssen mir gerade von Ihrem Standpunkt aus darin recht geben. Damals war es möglich, daß man nichts wußte, nichts wissen wollte, oder daß man, obwohl man es wußte, nicht zum Märtyrer werden wollte. Aber heute, wenn jemand, durch nichts gezwungen, jemandem wie Ihrem Onkel ‚Guten Tag' sagt, dann ist das doch ebenso, als würde er ‚Heil Hitler' sagen. Sie haben sicherlich bemerkt, daß ich in unserem Gespräch keinen Gebrauch von den Praktiken der Regierungspolitik gemacht habe. Es ist bekannt, warum diese Herren freigesprochen wurden, warum man für sie sichere und einträgliche Asyle schafft. Ich bin nicht so dumm, um nicht zu wissen: die deutsche Regierung – das ist nicht das deutsche Volk oder wenigstens noch nicht. Aber dieser Mangel an moralischer Verurteilung von Seiten der Gesellschaft! Sofern sie sich nicht mit dem solidarisiert, was jene repräsentierten und noch immer repräsentieren, so duldet sie doch solche Menschen in ihrer Mitte, kann sich nicht zu dem mindesten Ausdruck der Empörung aufraffen, sei es auch nur in Form einer gesellschaftlichen Ächtung. Und manchmal, ganz im Gegenteil ..."

„Ihre Beobachtungen sind doch recht einseitig", unterbrach ihn Walter, und es klang unfreundlicher, als er es wollte, fast unhöflich.

„Dies ist um so merkwürdiger, als Sie ja Doktor Streit und seinen Kreis kennengelernt haben. Dort gibt es kein Einverständnis – weder mit der Vergangenheit noch mit der Gegenwart in unserem Land."

„Das ist eine Gruppe von Intellektuellen", beharrte Bradley auf seinem Standpunkt. „Eine Gruppe von bürgerlichen Liberalen, unter denen auch ehemalige Häftlinge sind."

„Sie wollen damit sagen, daß dieser Kreis nicht repräsentativ ist, wenn es um das wahre Bild Westdeutschlands geht?"

„Ja. Genau das will ich sagen, Herr Kretschmer."

„Dann hören Sie bitte, Mister Bradley. Ich gehöre ein wenig zum Kreis von Doktor Streit, jedoch nur ein wenig, denn ich war weder ein aktiver Antifaschist noch bin ich – wie Sie wissen – gegenwärtig ein Funktionär. Ich bin nur jemand, mit dem man ,über alles sprechen kann', wie mich Doktor Streit charakterisierte. Er wollte mich damit sicherlich von jenen Deutschen unterscheiden, mit denen Sie über nichts sprechen können. Wenn ich sage ,über nichts', so denke ich natürlich daran, daß Sie mit ihnen nicht darüber sprechen können, was Sie an Westdeutschland am meisten interessiert. Ich möchte im Augenblick die Diskussion nicht verlängern, verstehen Sie das bitte, ich muß endlich nachsehen, was Lisa macht. Vielleicht braucht sie mich. Ich zweifle jedoch nicht daran, daß wir noch Gelegenheit haben werden, die Ursachen zu analysieren, warum der durchschnittliche Deutsche nicht ,über alles' sprechen will, warum er mit dem ,Davon weiß ich nichts' jenes Einverständnis mit dem Verbrechen, wie Sie es nennen, akzeptiert. Jetzt möchte ich Ihnen nur sagen, Mister Bradley, daß sowohl meine Vergangenheit – eine sehr durchschnittliche Vergangenheit, wie Sie festzustellen Gelegenheit hatten, und ich würde hinzufügen: eine für einen durchschnittlichen Deutschen typische Vergangenheit – wie auch das, was ich heute darstelle, mich in jenen Teil des Volkes einreihe, den Sie bei Ihrer rigorosen Einteilung überhaupt nicht beachtet haben. Eingereiht in jene ruhige, auf Vorsorge bedachte, arbeitsame, bürgerlich-gemäßigte Mehrheit des deutschen Volkes. Zu ihr gehören wir, meine Frau und ich. Und ich möchte Ihnen sagen, mit dem vollen Bewußtsein der Verantwortung für das, was ich sage, daß es in dieser Mehrheit keinerlei Einverständnis gibt: nicht nur nicht mit dem, was war, sondern auch nicht mit dem, was ist."

Walter schwieg eine Weile, bevor er, wie nebenbei, hinzufügte: „Und was meinen Onkel betrifft … Es kann sein, daß ihm jenes sehr beifällige ‚Guten Tag, Herr Oberst' nicht unbekannt ist. Es ist sogar sehr wahrscheinlich, daß er täglich seine Portion davon bekommt. Wir wissen es nicht. Das letzte Mal habe ich ihn 1946 gesehen."

*

Lisa wachte auf. Sie war etwas benommen. Die Schlaftabletten, die sie gestern abend genommen hatte, wirkten längere Zeit nach, und so hatte sich der kurze Nachmittagsschlummer unerwartet lange ausgedehnt. Sie schaute auf die Uhr und erschrak. Walter würde böse sein, er hatte sie sicher erwartet. Sie zog sich rasch an und ging hinaus. Im Korridor herrschte Halbdunkel, das Licht war noch nicht eingeschaltet. In der kleinen Halle blieb sie vor dem Spiegel stehen, ihr schien, daß ihr Lippenstift verwischt war. Sie näherte ihr Gesicht dem Spiegel, um besser sehen zu können, und … fast hätte sie aufgeschrien. Denn in diesem Augenblick flammte das Licht auf, und Lisa sah im Spiegel die Augen eines anderen Menschen. Der untere Teil des Gesichts lag im Halbdunkel, aber diese Augen, forschend und wachsam … Wie durch einen Nebel nahm Lisa wahr, wie ihr eigenes Gesicht grau wurde. Wie kam sie hierher, in diese Halle, wenn sie doch Bradleys Nachbarin war und also in den anderen Teil des Schiffes gehörte, warum saß sie im Dunkel, in einer Ecke, hat sie etwa selbst das Licht eingeschaltet? Ihr wurde schwarz vor Augen.

Mit einer Reflexbewegung griff sie zur Handtasche, schaute hinein, als würde sie ihren Inhalt prüfen, dann tat sie so, als hätte sie etwas vergessen, und kehrte in die Kabine zurück.

Hier stellte sie sich wieder vor den Spiegel. Sie stand eine Weile unbeweglich, ihr Spiegelbild betrachtend. Dann griff sie zur Haarbürste. Sie kämmte ihr Haar aus der Stirn, hinter die Ohren, dann wieder nach vorn. Sie wischte ihr Make-up ab, betrachtete sich einen Augenblick, dann trug sie es eilig wieder auf. Sie erforschte ihr Gesicht wie ein Außenstehender, wie es vor einer Weile jene Fremde getan hatte.

Walter trat herein mit dem Tennisschläger in der Hand.

„Na! Ich habe mich ganz schön herumraufen müssen! Ich habe geradezu gebetet, daß du mich davon erlöst."

Sie schaute ihn abwesend an.

„Diesen Augenblick wollte ich hinausgehen …"

„Na hör mal! Wenigstens eine Stunde zu spät."

„Es tut mir sehr leid, Walter."

„Hast du etwas geschlafen? Du siehst aus, als ob du noch gar nicht aufgewacht bist. Hat mich dieser Bradley gequält!"

„Hast du gewonnen?"

„Nicht unbedingt. Das hängt vom Standpunkt ab. Aber …, was ist mit deiner Stimme? Bist du heiser?"

„Es hat mich wieder erwischt. Und darum …"

Er trat an sie heran, griff ihr unters Kinn und schaute ihr besorgt ins Gesicht.

„Du machst mir Kummer. Du machst mir wirklich Kummer. Wir hätten doch mit dem Flugzeug fliegen sollen."

„Ja. Das glaube ich auch."

Sie wandte sich ab und ließ sich in den Sessel fallen. Sie hatte Angst, daß er mit seinem sechsten Sinn ihre innere Erregung erraten könnte. Sie griff nach einer Zigarette.

„Rauchst du nicht zuviel, Lieschen?" Sein Blick fiel auf den vollen Aschenbecher. „Du gehörst doch eher zu den Nichtrauchern. Das wird dir bestimmt nicht helfen."

Sie antwortete nicht. Sie hielt die noch nicht angezündete Zigarette in der Hand und wagte nicht, sie zum Mund zu führen. Sie war nicht sicher, ob sie das schaffen würde.

„Du solltest an die Luft gehen. Du bist wirklich sehr blaß."

„Das ist unmöglich."

„Das ist notwendig. Hör auf den Arzt. Am Vormittag warst du fast gesund. Zieh etwas an, wir gehen hinaus."

„Laß mich, Walter …"

„Du läßt dich zu sehr gehen. Du solltest nicht den ganzen Tag in der Kabine sitzen."

„Ich kann nicht hinausgehen, wenn es mich doch jeden Augenblick wieder erwischen kann."

„Es wird schon nichts passieren. Ein paar tiefe Atemzüge in der frischen Luft, und gleich spürst du Erleichterung. Komm!"

„Ich bitte dich, Walter …"

„Sei nicht launisch. Ich weiß, was man in solchen Fällen tun muß. Der Aufenthalt in frischer Luft gehört zur Therapie. Wir gehen."

Ohne ihre Antwort abzuwarten, warf er ihr den Mantel um und nahm ihren Arm. Sie gab nach und ließ sich zur Tür führen. Kaum hatte sie jedoch die Schwelle überschritten, da trat sie mit einer heftigen Bewegung in die Kabine zurück. Sie warf die Tür zu und lehnte sich mit ihrem ganzen Körper dagegen. Walter war irritiert.

„Was machst du bloß? Warum gehst du nicht hinaus?"

„Warte einen Augenblick", flüsterte sie zitternd.

„Aber warum? Was soll das bedeuten?!"

„Leiser, ich flehe dich an!"

Er erstarrte.

„Warum leiser?!" Er sah ihre Augen, weit geöffnet, glasig.

„Du hast Angst ... Wovor ...? Wovor fürchtest du dich?"

„Leiser ...", bat sie fast weinend.

Er griff sie am Arm.

„Was ist mit dir los?"

„Nichts ... Gleich werde ich ..., nur eine Minute. Setzen wir uns."

Sie stand, immer noch an die Tür gelehnt, und es sah aus, als würde sie ihm den Zugang zur Tür verwehren. Also schob er sie beiseite, vielleicht tat er das sogar etwas brutal, und schaute auf den Korridor hinaus. Jemand ging vorbei. Lisa wußte, wer es war, ohne daß sie die Person erkannt hatte. Sie hörte, wie die Tür geschlossen wurde, wie Walter auf sie zukam. Seine Schritte dröhnten in ihrem Kopf als gellendes Echo.

„Was soll das alles bedeuten, Lisa?"

Sie versuchte sich zu beherrschen. Sie setzte sich in den Sessel, und nachdem sie Atem geschöpft hatte, sagte sie:

„Das bedeutet nichts. Achte nicht auf mich."

Walter gab sich mit dieser Antwort nicht zufrieden.

„Weißt du, wer auf dem Korridor vorbeiging?"

„Woher soll ich das wissen?" stieß sie rasch hervor, zu rasch, als daß es glaubwürdig geklungen hätte.

„Doch. Du weißt es. Und deshalb wolltest du nicht aus der Kabine gehen. Um ihr nicht zu begegnen."

„Wem ... wollte ich nicht begegnen? Das bildest du dir ein."

„Ich wollte, daß es so wäre. Aber so ist es leider nicht. Das, was du vor mir verbirgst ..."

„Du irrst dich. Ich verberge nichts."

„Ich wollte, es wäre so. Ich hätte nichts dagegen, ich wiederhole, ich hätte gar nichts dagegen, mich zu irren. Ich liebe es nicht, mich in fremde Geheimnisse hineinzudrängen, das weißt du. Ich bin nicht neugierig, und überhaupt möchte ich lieber zuwenig als zuviel wissen. Diesmal jedoch scheint mir, daß ich ein wenig mehr wissen müßte."

Sie stand vom Sessel auf und ging zum Bad. Er hielt sie fest.

„Laß mich, mir ist schlecht!"

„Nein! Dir ist nicht schlecht. Ich beobachte dich seit gestern. Das sind keine Symptome für eine Seekrankheit."

„Willst du mich quälen?"

Er schwieg einen Augenblick und sah ihr ins Gesicht.

„Ich möchte dich schützen", sagte er mit Nachdruck.

Sie machte sich gewaltsam von ihm frei:

„Wovor?"

„Ich weiß nicht. Und ... ich würde nicht danach fragen, da du nicht willst, daß ich es weiß – wenn nicht deine Angst wäre. Du fürchtest sie. Hier ist etwas, was ..."

„Nichts ist da!" rief sie. „Ein Hirngespinst!"

„Du kennst diese Frau, Lisa ..."

„Nein! Ich kenne sie nicht! Das ist eine Täuschung! Das ist unmöglich, daß sie es ist ..."

Er stand auf, und als ob er erstaunt wäre zu hören, was er vermutete, sagte er langsam:

„Demnach ... bringst du sie mit jemandem in Verbindung ...? Mit wem?"

Sie schrie fast:

„Frag nicht! Du darfst nicht fragen!"

„Aber ich muß. Das ist zu ernst. Lisa ... Wenn du es mir selbst nicht sagst ..."

Sie wurde blaß.

„Das ..., das kannst du nicht machen ..."

„Doch ... Ich kann nicht zulassen, daß du erpreßt wirst."

„Was willst du tun?"

„Ich melde es dem Kapitän, oder ich frage sie selbst."

Sie fiel in den Sessel, sie war am Ende ihrer Kraft.

„Ich flehe dich an ..."

„Lisa! Ich muß es wissen. Wenn in deinem Leben etwas ist, wovon ich nichts weiß ..."

Sie zitterte wie im Fieber:

„Ich habe vor dir nichts verborgen. Du hast alles gewußt."

„Gewußt? Was? Was meinst du damit?"

„Meine Arbeit während des Krieges."

„Deine Arbeit? Ich erinnere mich nicht ... Ach, richtig, in diesen Effektenkammern. Ja?"

„Ja. Das war mit der Art meines Dienstes verbunden."

„Ich weiß. In dieser Frauenorganisation. Du hast irgend etwas davon erwähnt ... Aber ... Was ist dabei? Ich sehe noch immer nicht, was das mit deiner Hysterie zu tun hat."

„Diese Frau ..., ich glaube, ich kenne sie von ... dort."

„Von wo? Aus diesen Effektenkammern? Na und?"

„Das ...", mit Mühe rang sie sich die Worte ab, „das waren Effektenkammern in einem Lager."

Er begriff immer noch nicht. Er war eher erstaunt.

„Was ist schon dabei, daß sie in einem Lager waren? Eine Stellung wie jede andere."

Da sagte sie es:

„Das war keine Stellung. Das war Dienst. Ich ..., sie haben mich der Lagerabteilung zugeteilt."

Er schluckte.

„Der Abteilung welcher Lager?"

Sie schwieg, also fügte er hinzu: „Es gab Arbeitslager, Lager, die ..."

Und plötzlich sah er ihre Augen. Sie waren so wie damals, bei dem Zwischenfall mit dem Hund. Sie flüsterte:

„Das war es nicht."

Da stand er auf, durchschritt ein paarmal die Kabine und blieb vor dem Bullauge stehen. Er stand eine Weile mit dem Rücken zur Kabine, bis er das Wort sagte:

„KZ ...?" Seine Stimme war hölzern: „Du ..., du warst im KZ?" Er wandte sich heftig zu ihr um: „Diese ‚Frauenorganisation', das ..., das war einfach die SS?!" Blut stieg ihm zu Kopf, er sah aus, als würde er ersticken: „Sag schon! Ist sie ein Häftling?!"

Doch Lisa hatte ihre Beherrschung wiedergewonnen.

„Nein, das ist unmöglich! Das ist eine Täuschung. Nichts weiter!"

„Und wenn? Und wenn sie es doch ist?!" beharrte er.

„Marta?" fragte sie ungläubig.

36

„Marta", wiederholte er unbewußt. „Also …"

Lange Zeit herrschte Schweigen. Er sah in ihr Gesicht, das er kannte, das Gesicht seiner Frau. In diesem Gesicht hier aber war etwas Fremdes, das die bekannten Züge verändert hatte, hundertmal mehr als die neue Frisur gestern. Es hatte sie unwiderruflich verändert.

„Wäre das … Marta", sie stolperte über das Wort, aber sofort beendete sie den Satz überraschend ruhig, „sie zu fürchten, habe ich ganz bestimmt keinen Grund."

„Wie soll ich das verstehen?"

Sie faßte Mut.

„Mein Gott!" sagte sie. „Wie viele Wohltaten habe ich ihr erwiesen! Viele Male habe ich ihr das Leben gerettet. Ich war für sie", sie lächelte bitter vor sich hin, „ein Schutzengel. So eine Art … KZ-Schutzengel …"

Sie hob den Blick, wartete auf eine Reaktion, aber Walter schien nicht zu hören, was sie sagte. Seit einer Weile suchte er fieberhaft nach einer Flasche. Endlich fand er sie. Er füllte ein Glas, und in einem Zug, wie ein sehr durstiger Mensch – trank er es aus. Dann setzte er sich in den Sessel und stützte den Kopf in die Hand.

„Ich war gut zu ihr, Walter", fuhr sie fort.

„Du warst gut zu ihr …", wiederholte er, und Lisa war es, als hörte sie Hohn in seinen Worten. Sie fuhr auf:

„Ach, du hast keine Ahnung, wie schwer es war, dort gut zu sein, in dieser Hölle!"

„Kannst du es nicht weniger literarisch ausdrücken?" sagte er gedehnt.

„Die BBC brachte damals eine Sendung, die so begann: ,Hier spricht die Hölle Europas – Auschwitz'", sagte sie, um sich zu rechtfertigen. Er richtete sich im Sessel auf.

„Um Gottes willen! Auschwitz?" Sie sah, wie seine Stirn sich mit glitzernden Schweißtröpfchen bedeckte, und sie konnte kein Wort hervorbringen. „Auschwitz? Ausgerechnet das …? Mein Gott!" – Und dann sagte er gleichgültig wie ein Beamter, der die Personalien nachprüft: „Wie bist du zur SS gekommen?"

Sie sah ihn längere Zeit wortlos an. Schließlich sagte sie, geradeheraus:

„Ich habe an Hitler geglaubt."

Er sprang auf.

„Geglaubt? Du? Das höre ich zum ersten Mal! Als ich dich kennenlernte …"

„Damals war bereits alles vorbei. Für mich mehr als für irgendeinen anderen."

„Darum, weil er bankrott war?"

„Darum, weil ich dich kennenlernte."

Er setzte sich wieder.

„Sprich! Sag jetzt alles, was du damals nicht gesagt hast. Sprich!"

Sie griff nach einem Glas Wasser, dann zur Zigarette, tastete nach den Streichhölzern. In diesen Gesten suchte sie Hilfe, oder vielleicht wollte sie das Geständnis auf diese Weise hinauszögern. Schließlich überwand sie sich:

„Das war 1943, als ich in die SS eintrat. Ich wußte nicht …, das heißt, ich wußte, warum ich das tat. Ich wußte nur nicht, wie das aussehen würde …, ich tat es, um über die innere Sicherheit des Reiches zu wachen …, ich sollte …, ich sollte seine Feinde beaufsichtigen. Pohl sagte mir: ‚Auschwitz ist ein Sumpf, ein Hohn für die beispielhaften deutschen Konzentrationslager. Nur die Besten aus der SS können diesen Sumpf sanieren.' Ich hielt es für meine Pflicht, dorthin zu gehen, wo es am schwersten war. Das Wort von der ‚Sanierung' habe ich ernst genommen. Im März 1943 war ich bereits in dieser ‚Hölle Europas'. Das, was ich dort sah …, Obergruppenführer Pohl … Nein, das war überhaupt nicht übertrieben, was er über den Sumpf sagte. Genauso war es. Buchstäblich. Und dieser Sumpf … stank. Einen halben Kilometer vor dem Lager roch man schon den Gestank. Für dreißigtausend Menschen zwei Latrinen … Das ganze Lager wurde zur Latrine. Ein stinkender dünnflüssiger Kot. Er war überall. In den Baracken ohne Fußböden, auf der Lagerstraße, auf den Appellplätzen. Leichen lagen darin herum. Schwarze Kotstreifen an den Beinen verrieten die Krankheit. Durchfall. Das …, das war ekelhaft. Das griff an die Kehle, drehte den Magen um. Die Vorgesetzten warnten vor dem Mitleid. Unnötigerweise. Für Mitleid war kein Platz … Alles …, alles füllte der Ekel aus. Als ich das erstemal über die Lagerstraße in Birkenau ging, war alles, was ich dachte … Aber auch dafür war kein Platz … Von hier gab es keine Flucht.

Die Oberaufseherin begrüßte mich. Sie sagte, daß man ihr viel Gutes über mich geschrieben hat, daß sie auf meine Redlichkeit und

Energie zähle und mir das Kommando über die Effektenkammer anvertraue. Effekten … Erst einige Tage später habe ich begriffen, daß man mich sofort ins tiefe Wasser geworfen hatte. Diese beiden Baracken in der Nähe der Rampe und das Krematorium standen außerhalb des Lagers. Sie waren von ihm abgesondert. Aber … vielleicht sagten sie mehr als das Lager selbst etwas darüber aus, was Auschwitz war. Dort, innerhalb der Stacheldrähte des großen Lagers, war noch Leben. Ekelhaft, wie … das Leben eines Dunghaufens, aber doch … Hier dagegen … nur tote Dinge. Hinterlassen von Toten. Die Oberaufseherin führte mich persönlich dorthin. Wir gingen zu Fuß, damit ich mehr sehen konnte. Der Weg war die Grenze zwischen zwei Lagern. Dem Männerlager und dem Frauenlager. Er verlief gradlinig, entlang des Bahndamms. Auf dem Weg standen Menschen. Niemand bemühte sich, ihnen irgendeine Ordnung aufzuzwingen. Sie standen in lockeren Gruppen, einige saßen auf der Erde, obwohl es erst März war. Es sah aus, als ob sie auf etwas warteten. Damals wußte ich noch nicht, worauf. Ich dachte: ein neuer Zugang. Ein Greis mit einem weißen Bart sang. Nein, das war kein Gesang. Er quälte die Melodie aus sich heraus, ein Gebet oder ein Lied, dabei warf er die Arme in die Höhe, immer wieder, immer wieder … Das war schrecklich. Ich fragte die ‚Ober‘:

‚Kann man ihm nicht befehlen, daß er still ist?‘

Sie antwortete:

‚Soll er ihnen etwas vorsingen. Sie werden ruhiger dorthin gehen …‘, sie wies mit einer Kopfbewegung auf ein rotes Gebäude, das wie eine Fabrik aussah.

An dieses Gebäude fuhren, einer nach dem anderen, Rote-Kreuz-Wagen heran.

‚Nehmen sie Kranke auf?‘ fragte ich.

‚Nein. Sie bringen die Medizin, ein Allheilmittel für alles.‘

Es schien mir, als ob die ‚Ober‘ bei diesen Worten lächelte, doch sie wurde gleich wieder ernst. ‚Aufseherin Franz, wenn es nun mal so ist, daß Sie es nicht wissen, dann ist es meine Pflicht, es Ihnen zu sagen. Diese Wagen bringen Zyklon B. Ein Gas.‘ Da ich aber immer noch nicht verstand, fügte sie kalt hinzu: ‚Den Rest erfahren Sie von Ihren Kollegen.‘

Und sie führte mich zu der Baracke, in der ich arbeiten sollte. Ich sah riesige Haufen von Kleidung und andere Gegenstände. Weibliche Häftlinge wühlten darin.

‚Sie werden damit anfangen, dieses Pack zu scheuchen', sagte die ‚Ober'. ‚Sie sind völlig demoralisiert. Sie werden das Kommando neu organisieren.'

Am nächsten Tag, es war ein Sonntag, ging ich zum Block des Außenkommandos. Es regnete in Strömen. Der ganze Block war damit beschäftigt, den Platz vom Schlamm zu säubern. Die Frauen schaufelten ihn mit Spaten auf eine Art Pritsche, dann gingen sie damit hinter das Lagertor. Eine widersinnige Arbeit. Der Schlamm war dünnflüssig. Er floß von den Spaten und auch von diesen Tragen, bevor die Frauen die Hälfte des Weges zurückgelegt hatten. Ich wandte mich deswegen an den aufsichtführenden Rottenführer. Er sah mich an wie eine Verrückte. Dann lachte er gemein: ‚Aha, man sieht, Sie sind neu ...'

Ich befahl ‚Antreten'. Und als sie dann vor mir standen, in Zweierreihen, dachte ich mit Erleichterung, daß es gut war, daß man mir eine Arbeit im Umkreis der Toten gegeben hat. Der Geruch, der von den Lebenden ausging ..., ich erinnere mich immer noch daran. Als sie heute, im Korridor, an mir vorüberging ..., spürte ich ihn wieder ... Das waren fast nur noch Schatten, diese Frauen, unter denen ich meine Arbeitskräfte auswählen sollte. Aber diese Schatten lebten noch, sie verstanden, daß das ihre letzte Chance war: Arbeit unter einem Dach. Sie hingen an meinem Gesicht, als ich die Reihen entlang ging, sie flehten mit ihren Augen, daß ich sie bemerken sollte. Ich sah sie nicht, das heißt, ich unterschied ihre Gesichter nicht. Sie waren alle gleich, vielleicht deshalb, weil sie alle denselben hungrigen Ausdruck hatten. Sie aber – sah ich. Ich weiß nicht, warum ich gerade sie bemerkte. Sie unterschied sich durch nichts von den anderen. Sie war genauso abgemagert wie die anderen. Auch sie hatte die ganz kurz geschorenen Haare wie alle Häftlinge. Wie bei den anderen war auch ihr Gesicht mit jenem Flaum bedeckt, der auf äußerste Erschöpfung deutete. Nur eines unterschied sie vielleicht von den anderen, daß sie nicht versuchte meinen Blick einzufangen. Sie sah gerade vor sich hin, vielleicht sogar auf mich? Aber genauso wie ich sie nicht sah, genauso sah sie mich nicht. Meine Kameradinnen sagten später von ihrer Art zu schauen: ‚Paß auf, ihre Augen sind hintergründig. Dort ist noch etwas anderes als nur das, was sie uns zu Gefallen ausdrücken.'

Aber damals habe ich das noch nicht gewußt. Ich bemerkte diesen Blick und stutzte. Bevor ich ihr winkte, daß sie zu der Reihe der Ausgewählten gehen solle, sprach ich sie an. Ich weiß nicht, warum ich es für richtig hielt, sie zu fragen, ob sie in der Effektenkammer arbeiten wolle. Da …, da schaute sie mich an. Das war so …, so, als ob sie ihren Blick von einem Punkt irgendwo in der Ferne abwandte. Sie schaute mir ins Gesicht, aber ganz ruhig, ohne ein Anzeichen besonderer Freude. ‚Jawohl, Frau Aufseherin', antwortete sie. ‚Können Sie Deutsch?' – dieser Gedanke kam mir blitzartig. Wieder antwortete sie: „Jawohl, Frau Aufseherin'. Und zum drittenmal hörte ich dasselbe, als ich ihr sagte, daß sie bei mir als Schreiberin arbeiten würde. Und nun saß sie mit mir in der Schreibstube, sauber, gewaschen, in einem Zivilkleid, und wenn der auf den Rücken gemalte rote Streifen nicht zu sehen war, sah sie aus wie ein Mädchen aus gutem deutschem Haus. Eines Tages schenkte ich ihr die Hälfte meines Frühstücks. Mein Gott! Wenn ich daran denke, wie vorsichtig ich das tat … Genauso, als ob ich Angst hätte, sie zu beleidigen. Aber sie war doch hungrig, entsetzlich abgemagert, und jedes Stück Brot … Trotzdem dankte sie mir in einer Weise, daß ich verstand, sie bedanke sich nicht so sehr für das Brot als vielmehr für die Art, wie ich es ihr gab. Mit der Zeit tat ich das immer öfter, obwohl …, obwohl sie immer noch keine ausgesprochene Dankbarkeit zeigte. Ich teilte mit ihr sogar mein Mittagessen, das ich aus der SS-Küche erhielt. Es war gutes Essen, und jede andere hätte mir dafür die Hände geküßt. Nicht aber sie … Trotzdem gefiel sie mir. Es war paradox, aber sie gefiel mir gerade wegen des Charakterunterschiedes, der uns trennte und meine Pläne durchkreuzte. Die Pläne für ihre Rettung. Sie war diszipliniert, doch ohne Kriecherei, mir gefiel ihre Art, wie sie auf meine Fragen antwortete. Es schmeichelte mir, daß sie aufstand, wenn ich mit ihr sprach. Ich redete mir ein, daß sie es aus wirklicher Achtung vor mir tat und nicht deswegen, weil die Lagerordnung es so verlangte. Ich sagte ‚Sie' zu ihr. Ich sagte das übrigens zu allen Häftlingen. Ich war wohl die einzige von der SS, die in dieser Beziehung die Lagerordnung einhielt. Ich verstand auch nicht, wie es anders sein konnte. ‚Du' sagt man doch zu Menschen, die einem nahestehen. Aber die Mehrheit der SS-Männer ließ sich auf solche Spitzfindigkeiten nicht ein. Vielleicht deshalb, weil sie das vertrauliche ‚Du' in der Regel mit Beschimpfungen begleiteten. Ich war, außer der Oberaufseherin, die einzige, die dies nicht tat. Und sie, diese Nummern, schätzten das. Sie waren mir dankbar. Sie achteten mich. Marta auch. So dachte ich wenigstens zu Anfang. Wenn ich manchmal ‚du' zu ihr sagte, so bedeutete es das, was es seinem Wesen nach war: eine Gunst außerhalb der Regel, eine Auszeichnung. Und sie hat das so verstanden. Sie errötete dann und mir wurde warm ums Herz. Ja. Diese Annäherung zwischen uns, eine eher innere Annäherung, die nicht laut wurde, bedeutete für mich sehr viel. Insbesondere in der ersten Zeit, in der ich bestürzt war und betäubt. Sie half mir, diese Zeit zu überwinden, durchzustehen. Wenn ich an meine zukünftige Arbeit dachte, sah ich sie neben mir. Ich erinnerte mich an die Worte des Lagerkommandanten: ‚Die Besten unter der SS-Mannschaft könnten mit Hilfe der besten Häftlinge dem Lager seinen eigentlichen Charakter wiedergeben.' Aber indem ich mich auf diese Worte berief, wurde mir nicht bewußt, daß meine Sympathie für sie die Grenzen überschritt, die von diesen Worten abgesteckt wurden. Ich bemerkte nicht, daß diese Sympathie dem widersprach, was ich mir aufgrund der Uniform und des von mir geleisteten Eides schuldig war.

Urteile selbst, Walter. Einer der schwersten, am strengsten bestraften Verstöße gegen die Lagerordnung war der Kontakt mit Männern. Ich aber nutzte die Erlaubnis des Kommandanten, männliche Häftlinge für Hilfsarbeiten im Frauenlager ‚auszuleihen', aus und brachte ihr eines Tages …, ja, ich brachte ihr ihren Verlobten …, ihren Geliebten … oder was er sonst für sie war. Der Augenblick, als sie sich gegenüberstanden … Nein, das kann ich nicht beschreiben … Der gespannte Ausdruck seines Gesichts, ihre Blässe. Und diese Stille zwischen ihnen … Und ich bei ihnen, ich, die ihn hierher gebracht hatte, damit er ein Muster für ein Kontrollbuch anfertigte …"

Sie brach ab. Ein scharfer, erstickender Husten schüttelte sie.

„Trink etwas", sagte Walter unfreundlich.

Sie hörte ihn nicht. Sie starrte vor sich hin.

„Damals kam mir zum erstenmal der Gedanke, daß ich entgegen der Lagerordnung handelte. Ich schwankte, ob ich ihn nicht sofort zurückschicken sollte. Doch ich tat es nicht. Ich ließ sie beieinander, sogar allein. Sie saßen am Tisch, Kopf an Kopf. So, als ob sie zu Hause wären. Als ob sie bei sich zu Hause sitzen würden, über irgendein Buch gebeugt. Sie sprachen miteinander. Bestimmt nicht nur über die Buchführung. Ich behielt sie im Auge, ich sah alles. Wie er sie ansah … Wie er hin und wieder rasch ihre Hand drückte. Wie sie ihre Tränen zu beherrschen versuchte. Ich sah auch die verstohlene Geste, mit der er ihren durch das kurze Haar verunstalteten Kopf streichelte. Habe ich so reagiert, wie …"

„Trink etwas", wiederholte Walter, ohne den Kopf zu heben. „Neben dir steht die Karaffe."

Sie trank, aber die Heiserkeit blieb.

„Er war älter als sie, etwa zehn Jahre. Ein gereifter Mann, er hatte eine der ersten Nummern. Ich wußte, was das bedeutet. Er war ein Veteran, ein alter Lagerfuchs, einer der härtesten, wenn er bisher überlebt hatte. Und er …, er konnte seiner Rührung nicht Herr werden. Ich aber schaute dem allem zu und reagierte nicht. Überlegte nur, worauf ich mich da eingelassen hatte. Wenn jemand von der Leitung gekommen wäre und dieses Paar gesehen hätte … Als es Zeit war, wo er wieder ins Männerlager zurück mußte, sagte ich: ‚Sie können sich von Ihrer Verlobten verabschieden – und ich wandte mich sogar ab. Er aber küßte ihre Hand. Ich sah seinen nackten Kopf, als er ganz tief die Mütze zog wie vor einem von uns, von der Wachmannschaft. Wenn das einer der SS-Männer gesehen hätte …! Ich hätte mich nicht gewundert, wenn … Denn … hat darin, was du von Auschwitz weißt, Walter, hat in deiner Vorstellung eine solche Szene Platz?"

Er antwortete nicht. Er sah sie nicht an. Er hob den Kopf nicht. Sie sah nur den unteren Teil seines Gesichts. Augen und Stirn hielt er mit der Hand bedeckt. Man konnte denken, daß er schlief, daß er überhaupt nicht hörte, was sie sagte. Sie sprach jedoch weiter, als sei es gleichgültig, ob jemand zuhörte oder nicht, als ob sie reden müßte, und sei es auch nur zu sich selbst.

„Ich war gut zu ihr. Mehr. Ich war ihre ‚Lagervorsehung'. Als sie krank wurde … Die Kranken durften nicht in den Wohnblocks bleiben. Das Lagerlazarett aber war, infolge von Überfüllung und Mangel an den elementarsten sanitären Einrichtungen, ein Ort, an den man ging, um zu sterben. Eines Tages fand ich sie nicht am Schreibtisch. Kapo Elsa meldete, daß Marta seit einigen Tagen Fieber hatte und ins Revier gegangen war. Ich begriff, was das bedeutete. Ein Häftling geht nicht ins Revier, solange er um sein Leben kämpft. Sie hatte aufgegeben. Ich meldete mich bei der Oberaufseherin.

‚Mir liegt an dieser Gefangenen', sagte ich. ‚Ich will sie zu einem B-Häftling erziehen. Es besteht die große Chance, daß es mir gelingt. Ich habe mir sehr viel Mühe dabei gegeben. Und jetzt liegt sie im Revier.'

Die ‚Ober' hörte mich wohlwollend an.

‚Das ist eine gute Idee, aus ihr einen B-Häftling zu machen, sagte sie. ‚Wenn sie kein Fleckfieber hat, kannst du sie in den Block bringen lassen, Annie' …"

Walter hob den Kopf.

„Sie nannte dich ‚Annie'?" fragte er mit solchem Erstaunen, als ob es in der ganzen Geschichte die größte Neuigkeit wäre, daß sie für die einen, zu denen er gehörte, Lisa war, für die anderen aber, unter denen es ihn nicht gab – Annie.

Lisa begriff sofort, worum es ihm ging. Sie schien wie gelähmt von dieser in einer solchen Situation ungewöhnlich banalen Frage.

„Ja … Sie benutzte den ersten Teil meines Vornamens, und dabei blieb es …"

„Dort", vollendete Walter den Satz, und dieses „dort" gab ihm das Gefühl für die Wirklichkeit wieder. „Was bedeutet: ‚B-Häftling'?" Er hatte den Eindruck, daß jemand anderes für ihn sprach, jemand mit einer fremden, knarrenden Stimme.

„Das bedeutet ‚bevorzugter Häftling'. So ein Häftling hatte eine gute Arbeit, konnte sich innerhalb des Lagers frei bewegen, unterlag nicht den Kollektivstrafen und brauchte keine Nummer zu tragen."

„Ich verstehe. Dafür war er doch wohl zu besonderen Leistungen verpflichtet? Für die ihm gewährten Privilegien?"

Sie antwortete nicht.

„Ich denke mir", sagte er mit Nachdruck, „daß man diese Privilegien doch wohl nicht umsonst bekam. Nur für nobles Aussehen?!"

Sie antwortete noch immer nicht.

„Wozu war solch ein Häftling verpflichtet, Annie?"

„Ich bitte dich, nenn mich nicht so!"

„Antworte auf meine Frage!"

„Er war verpflichtet zur sorgfältigen Arbeit und zur Loyalität gegenüber der Wachmannschaft des Lagers."

„Ja …", sagte er. „Ja … Das klingt völlig ungefährlich. Wenn, wenn es der Wahrheit entspricht … Du wolltest aus ihr also einen ‚B-Häftling' machen, einen bevorzugten Häftling?"

„Ich wollte sie retten. Ich mußte einen Vorwand finden, um sie von dort herauszuholen. Aus diesem Sterbehaus."

Er sagte nichts mehr. Lisa sprach weiter.

„Ich ging aufs Revier, ohne daran zu denken, daß ich mir selbst das Fleckfieber holen könnte. Das war das erste Mal … Zum erstenmal war ich damals im Revier." Sie schüttelte sich, und eine Grimasse verzerrte ihr Gesicht. „Haufen von Leichen bei jedem Block. Nackte Frauenkörper. Vorspringende Schlüsselbeine und Hüftknochen. Bei jedem Block waren sie aufgeschichtet. Bis ans Dach. Ich ging mit gesenktem Kopf. Ich tat alles, um nichts zu sehen. Ich ging mitten auf dem Weg, so weit wie möglich entfernt von … Aber als ich zu dem Block kam, in dem Marta lag … Da mußte ich näher heran. Und in diesem Augenblick … hörte ich. Ich hörte es. Wie das Piepen von Küken. Fröhlich, gefräßig … Ich mußte", sie hob die Hand an die Kehle und schluckte laut, „ich mußte hinsehen. Ratten …", Lisas Stimme wurde heiser. „Hör zu, Walter, hör zu …, groß wie Kaninchen …, mit glänzendem Fell. Sie …, sie fraßen sie. Es wimmelte von ihnen auf diesem Leichenhaufen. Sie flitzten hin und her, suchten die besten Teile, saugten sich fest …, und dabei stießen sie diese Laute aus. Dieses … zufriedene Piepen, dieses … Die eine, im Schoß …"

Er wartete längere Zeit. Endlich hob er den Kopf. Er sah Lisas verzerrtes Gesicht und ihre verstörten, weit aufgerissenen Augen. Sie sieht das. Sie sieht das alles immer noch, dachte er und empfand Mitleid und zugleich etwas wie Dankbarkeit eben dafür, daß sie es noch immer sah, daß sie ein Gewissen hatte und daß dieses Gewissen lebendig war. Damals und jetzt. Wir reichen einem ehemaligen SS-Mann nicht die Hand – Bradleys Worte fielen ihm ein, und er griff sich verzweifelt an den Kopf. Obwohl sie vor sich hin starrte, bemerkte sie diese Geste doch. Sie begann wieder zu sprechen, in fieberhafter Eile, als wollte sie dem Lauf seiner Gedanken zuvorkommen.

„Bei der Blockältesten erfuhr ich, daß Marta nur eine Lungenentzündung hatte. Ich ging in den Block. Und wieder Leichen, nur daß sie noch lebten. Sie saßen an den Ofen geschmiegt, der durch die ganze Baracke lief. Bei meinem Anblick begannen sie, sich zu verkriechen. Ihr Gestank schlug mir entgegen … Mir drehte sich der Magen um. Die Blockälteste zeigte mir Marta. Sie sah mich nicht, als ich hereinkam. Sie lag mit abgewandtem Kopf da. Als ich vor ihrer Pritsche stand, schreckte sie hoch, als ob sie fliehen wollte, in den Augen wilde Verzweiflung. Ich versuchte nicht, mich mit ihr zu unterhalten. Sie war wohl nicht bei Bewußtsein. Ich wußte nicht einmal, ob sie mich verstanden hatte, als ich ihr sagte, daß man sie in den Wohnblock bringen würde.

Am nächsten Tag war sie im Block. Die Ärztin kam jeden Tag. Ich habe sogar Sulfonamide und Vitamine – damals unbezahlbare Medikamente – aus der Apotheke des SS-Krankenhauses beschafft. Ich kann sagen, daß ich ihr zum zweitenmal das Leben gerettet habe."

Sie verstummte und schwieg längere Zeit. Als ob sie nichts mehr zu sagen hätte, als ob das bereits alles wäre. Aber Walter hob nicht den Kopf. Er wartete. Da sprach sie weiter.

„Nach kurzer Zeit wurde jedoch meine Schwäche für sie, ja, denn es war eine Schwäche, auf eine neue Probe gestellt. Eine auch für mich gefährliche Probe, die mir sehr schaden konnte. Es war fraglich, ob ich da überhaupt herauskommen würde. Marta wurde verhaftet und in den Bunker gesteckt. So nannte man den Lagerarrest. Das war fast genauso, als ob man sie ... hingerichtet hätte. Kaum jemand ist von dort herausgekommen. Insbesondere wenn der Haftbefehl aus der Politischen Abteilung kam. Und das war bei ihr der Fall. Diese Tatsache ... Ich ... Ich konnte mich nicht zurechtfinden. Keines der Vergehen gegen die Lagerordnung kam hier in Frage. Darum kümmerte sich die Gestapo nicht. Also mußte es offensichtlich ... Entweder hatte sie sich auf irgendein politisches Abenteuer eingelassen, es gab im Lager politische Organisationen, oder ... sie war bereits mit einem Urteil hierhergekommen. An ersteres glaubte ich nicht. Ich habe allzugut auf sie aufgepaßt, als daß so etwas möglich gewesen wäre. Und ein Urteil ...? Sie war achtzehn Jahre alt, als sie nach Auschwitz kam. Was hätte ein achtzehnjähriges Mädchen schon tun können? Wie hätte sie dem deutschen Staat schaden können? Allein, daß ich solche Fragen stellte, war bereits gefährlich. Es bedeutete eine Krise. Ich wußte es. Ich machte es mir diesmal ganz klar und ... ich hatte Angst. Aber ich konnte nicht aufhören, daran zu denken. Die Theorie von der Notwendigkeit von Erziehungseinrichtungen für die Feinde des Nationalsozialismus, mit der ich völlig einverstanden war, geriet in Widerspruch mit dem, was ich dort sah. Wohl nur ich allein dachte an Erziehung, die anderen, alle übrigen ... Entweder war also Auschwitz – wie man mir sagte, als ich hierher fuhr – ein mißlungenes Werk, das man nach dem erprobten und guten Muster der alten Lager erneuern mußte, oder …, oder es war ein weiteres Glied in der Entwicklung dieser Theorie, aber dann … waren derartige Überlegungen gefährlich. Sie waren vor allem unlogisch. Denn … wenn man die historische Notwendigkeit anerkannte, daß Millionen sterben mußten, damit die folgenden Generationen freies Feld hatten, wie konnte man sich da gegen den Tod eines einzelnen auflehnen?

Ich konnte damit nicht fertig werden. Ich fühlte von Tag zu Tag deutlicher, wie ich immer mehr versank. In den Nächten träumte ich von Marta. Sie zog mich in ihre Zelle und schlug die Tür zu. Ich erwachte von meinem eigenen Schrei, in kalten Schweiß gebadet. Das war eine Krise. Ich war mir dessen bewußt. Und ich wußte, daß viele so etwas durchmachten. Denn es ist nicht wahr, Walter, daß alle, absolut alle SS-Leute im Töten Freude, einen Rausch, sogar … ein sexuelles Erlebnis fanden. Viele … Aber im übrigen …, die öffentliche Meinung hat sich an eben dieses Bild bereits zu sehr gewöhnt. Wenn ich meiner sicherer gewesen wäre, wenn ich damals nicht so große Angst vor mir selbst gehabt hätte, wäre ich mit meinem Zwiespalt zum Lagerkommandanten Höß gegangen. Aber … ich hatte Angst.

Erst als meine Dienstzeit in Auschwitz zu Ende ging, meldete ich mich bei ihm. Jedoch nicht, um mich mit ihm auszusprechen. Ich wollte von ihm die Erlaubnis, den Block XI zu besichtigen, eben … jenen Bunker. Ich wollte sie sehen. Plötzlich war ich überzeugt, daß ich sie sehen müßte, bevor ich wegfuhr. Ich war sicher, daß ich ihr etwas zu sagen hätte. Eigentlich aber erwartete ich, daß sie mir etwas sagen würde. Etwas, das mir erlaubte, von hier mit dem Gefühl wegzufahren …, mit dem Gefühl …, diese Angelegenheit zwischen mir und ihr abgeschlossen zu haben, etwas, das meine Schwäche rechtfertigen würde. Aber bei der Besichtigung begleitete mich Grabner, Chef der Politischen. Er ersparte mir nichts, weder die Dunkelzellen noch die Zellen, in denen die Häftlinge nur stehen konnten … Er zeigte mir sogar – mit gemeinem Gelächter – eine Zelle, in der nackte Männer standen. Ich trat schnell zurück. Ich sah nur, daß ihre Hände auf dem Rücken gefesselt waren – mit Stacheldraht. Ich konnte mit Marta kein Wort wechseln, als ich endlich zu ihrer Zelle kam. Ich weiß nicht einmal, ob sie mich sah. Sie sah uns an, aber genauso wie damals, als ich sie für mein Kommando auswählte, und sie zuckte selbst dann nicht zusammen, als Grabner sagte: ‚Und das ist noch so ein Feind des deutschen Volkes. Es erwartet sie das gleiche wie alle Feinde.' In diesem Augenblick erklangen Schüsse, einer nach dem anderen. Ich wollte es nicht wahrhaben, aber ich wußte es. Eine Hinrichtung. An der schwarzen Wand, von der ich bisher nur gehört hatte. Grabner schlug die Tür zu, und ich hatte nicht ein einziges Wort gesprochen. Jedoch … ich tat etwas, das mich sofort zu ihrer Leidensgefährtin gemacht haben würde, hätte Grabner es gesehen. Ich hatte schon vorher einen Kalfaktor mit einem roten Winkel und mit dem Buchstaben ‚P' – Pole – bemerkt. Ich nutzte den Augenblick, als der Chef zum Telefon gerufen wurde. ‚Geben Sie das in Zelle 15 ab' – ich gab ihm mein Frühstück. Er sah mich an. Aber wie! In seinem Blick war alles, Ironie, Verachtung. Nur nicht das, was – sei es, wie es sei – eine solche Geste verdient hätte. Aber bei ihnen … konnten wir durch nichts Anerkennung gewinnen. Als ich hinausging, spülte man den Betonboden im Hof. Mit einem Schlauch."

Sie brach wieder ab, als ob ihr die Stimme versagt hätte.

Walter wartete. Endlich fragte er:

„Und sie? Was ist schließlich aus ihr geworden?"

Lisa holte Atem, aber im selben Augenblick brach sie zusammen. Sie weinte ohne Tränen. Ihre Augen blieben trocken, nur die Schultern zuckten.

„Ich kann nicht …, ich bin nicht imstande, darüber zu reden."

Walter erhob sich aus dem Sessel. Mehr brauchte er nicht zu wissen. Es war alles klar. Er stellte sich wieder an das Bullauge.

„Wenn es so ist …", sagte er mit hölzerner Stimme, „dann …, dann kann sie es wirklich nicht sein. Leider nein."

Sie umfaßte ihn mit einem raschen Blick. In ihren Augen war eine Frage. Sie schluchzte.

Er wandte sich um.

„Du mußt sie wirklich gern gehabt haben. Mehr, als du es weißt", und er schrie: „Dieser verfluchte Krieg! Dieser idiotische, verfluchte Krieg!"

Das Telefon läutete. Es läutete eine Weile, bevor Walter den Hörer abnahm. Er nahm ihn, hielt ihn ans Ohr und legte ihn gedankenlos wieder auf.

„Hat dein … Dienst dort lange gedauert?" fragte er.

„Nein", antwortete sie rasch, „nur ein halbes Jahr. Kurz danach …"

Die Schiffssirene unterbrach sie, drei kurze Signale, Lisa zuckte zusammen.

„Was ist das?"

„Was? Ah, das! Die Sirene …, wahrscheinlich begegnen wir irgendeinem Schiff." Er ging zum Bullauge. „Ja", stellte er mit der gleichen klanglosen Stimme fest, „ein Schiff unter polnischer Flagge."

„Ein polnisches Schiff", flüsterte Lisa. „Wer hätte das gedacht …"

Und obwohl sie es sehr leise, fast zu sich selbst sagte, hörte es Walter.

„Nicht wahr? Wer hätte das gedacht, daß es sie auf den Weltmeeren noch geben wird", nahm er ihren Gedanken auf. „Was? Ein kleiner Fehler in den Berechnungen des großen Führers. Passiert jedem mal." Er schwieg eine Weile. „Es ist dir passiert – und mir", fügte er hinzu.

„Dir?" brachte sie mühsam hervor.

„Mir", bestätigte er. „Die Tatsache deines Dienstes in einer ‚Frauenorganisation', wie du es mir vor der Hochzeit gestanden hast, hat meine Phantasie nicht angeregt. Ich habe nicht gefragt, was das für Organisationen waren, noch was du dort getan hast. Und das war mein Fehler. Du …"

Er begann in der Kabine hin und her zu gehen, vier Schritte hin, vier Schritte zurück, und sprach mehr zu sich selbst als zu Lisa. Er formulierte die Sätze langsam, mit Pausen, als ob es ihm schwerfallen würde, die entsprechenden Worte zu finden.

„Du …, nun ja. Ich kenne das gut. Du warst jung. Du hast dich von der Ideologie, von diesem ganzen ‚Programm der Macht' betrügen lassen. So viele gab es nun wieder nicht, die voraussahen, womit das endet. Nicht jeder hatte meinen Verstand. Na, und mein Glück. Ich habe mich irgendwie durchgeschlängelt, möglichst weit weg von dieser Schweinerei, und dabei meinen Kopf auf dem Hals behalten. Das war verflucht schwer. Ich weiß. Ich kenne diesen Mechanismus. Ich weiß, wie das war. Und deshalb kann ich dich nicht … Vielleicht habe ich auch kein Recht, dich zu verurteilen. Leute mit weit größerer Erfahrung haben sich hineinziehen lassen. Eine psychische Ohnmacht, eine kollektive Hysterie war das. Du bist ohnehin mit einem blauen Auge davongekommen … Wenn man danach urteilt, was du sagst …, ich glaube dir …, ich glaube, daß du nichts verbrochen hast …"

„Ich danke dir", flüsterte sie, „daß du mich verstehst."

Er hörte nicht. Er spann seinen Gedanken weiter:

„Zum Teufel! Wenn man an diese weiblichen Ungeheuer denkt, die ‚Heldinnen' der Nachkriegsprozesse!"

Lisa blinzelte nervös.

„Wie bist du es überhaupt losgeworden, – dieses … widerliche Geschäft?"

Sie rieb die Lider, als würden ihr die Augen schmerzen.

„Meine Schwester half mir."

„Deine Schwester? Welche? Du hast doch nur eine Schwester."

„Ja."

„Frau Hasse? Die aus Brasilien?" Walter dämpfte unwillkürlich seine Stimme.

„Ich habe ihr viel zu verdanken."

„Aber …", Walter verstand immer noch nicht, „auf welche Weise? Was hat sie damit zu tun?"

„Sie … hatte sehr gute Beziehungen in Berlin."

„Aha …", er beruhigte sich. „Und … was tat sie?"

In der Kabine wurde es totenstill.

„Sie … war auch dort."

„Dort? In Auschwitz?!"

„Ja. Sie war Arbeitsdienstführerin."

„Ja …?" Er näherte sich ihr langsam. Sein Gesicht verwandelte sich plötzlich zur Unkenntlichkeit. „Und wer war noch dort?" zischte er, „wer?!" Plötzlich schrie er, die Beherrschung verlierend: „Deine Mutter? Dein Bruder? Dein Vater?!"

„Walter!" Ihr Gesicht wurde weiß. Er lief aus der Kabine.

*

Jetzt war sie allein. Sie stützte den Kopf an die Rückenlehne des Sessels und starrte leblos vor sich hin.

Es ist geschehen. Walter weiß es. Das Wort Auschwitz wurde zwischen ihnen ausgesprochen. Stand es nun zwischen ihnen? Was dachte er jetzt? Er hat sie nicht verdammt, nicht verurteilt. Aber was wird weiter sein? Wenn man dieses Schiff verlassen könnte … Wenn man ihr nicht mehr begegnen müßte …

Es klopfte, und der Steward trat ein.

„Sie haben Kaffee bestellt?"

Sie nickte, ohne recht zu wissen, worum es ging. Aber als er bereits wieder gehen wollte, sagte sie:

„Hören Sie bitte …"

„Sie wünschen?" Er blieb stehen.

„Mir geht es um eine gewisse Information."

„Ja, bitte, gnädige Frau?"

„Ich möchte wissen, wohin die Passagierin aus Kabine 45 reist und wer sie ist."

Der Steward zögerte.

„Sie werden entschuldigen, aber das gehört nicht zu …"

„Mir liegt daran", unterbrach sie ihn.

„Ich verstehe", sagte er. „Im Grunde … ist es durchaus möglich. Ich bin mit dem Zimmermädchen befreundet und …"

„Ich danke Ihnen. Es eilt."

„Jawohl, gnädige Frau. Sie werden zufrieden sein", fügte er hinzu, als er bereits in der Tür war.

Als er draußen war, schaute sie sich fast ungläubig in der Kabine um, in der es inzwischen dunkel geworden war. Aus dem Tanzsaal klang der pulsierende Rhythmus des Jazz herüber. Lisa streckte die Hand nach der Lampe aus, ein warmer Schein erfüllte die Kabine. Im Spiegel gegenüber erblickte sie ihr Gesicht und ihre Augen, unbeweglich wie Glaskugeln. Sie machte das Licht aus. In diesem Augenblick erklang auf dem Schiff ein merkwürdiger Ton. Lisa erschauerte. Ein Gong? Sie schaltete sofort alle Lampen ein. Aber das Bild blieb: eine schwarze Nacht, Regenschauer, die nach den Baracken ausgestreckten Fühler der Scheinwerfer, dieser merkwürdige Ton und die Reihen vor den Blocks, regennaß, unbeweglich, nicht menschenähnlich. Sie wischte mit der Hand über die Augen, und als das Bild nicht weichen wollte, ging sie zur Hausbar, griff nach einer Flasche und füllte sich ein Glas.

Entfliehen vor dem Anblick dieser Frau und den Gespenstern jener Jahre! Die Vergangenheit hat keine Bedeutung, für niemanden hat sie Bedeutung, auch für Marta nicht, wenn sie sich entschlossen hat zu leben, trotz des Todes ihres Freundes. Welche Bedeutung sollte sie also für Walter haben? Gerade für ihn, der alle Lebenshoffnungen, die seinen und die des Volkes, mit der Zukunft verband? Sie hat es ihm gesagt, und sie kann ihm gegenüber nun endlich ruhig sein. Sie hat ihm alles gesagt.

‚Alles?'

Sie wandte sich heftig um, aber nein, diese Stimme kam nicht von außen, diese Stimme meldete sich in ihr selbst. War das etwa das vielgerühmte Gewissen?

‚Alles, was wesentlich war', antwortete sie diesem Etwas in ihr, ‚alles, was zwischen mir und ihr das Wichtigste war, was die Wahrheit war.'

‚Was die Wahrheit war?'

‚Wenigstens das stimmte, daß sie glücklich war. Dort war sie glücklich. Hatte sonst jemand noch die Chance, dort glücklich zu sein? Aber sie war es. Und das hatte sie mir zu verdanken. Mir. Mir ...'

Sie wiederholte das immer wieder, immer nachdrücklicher, wie besessen, denn jeden Augenblick konnte Walter hereinkommen, und sie mußte darauf vorbereitet sein, daß er weiter fragen würde, sie mußte ihm das alles so erzählen, daß er es mit ihren Augen sah und es so beurteilte, wie sie es verstand.

‚Ich war wirklich gut zu ihr, ich wollte sie wirklich retten, und ich habe ihr ihren Tadeusz gebracht.'

Aber das Gewissen, dieses Etwas in ihr, das sie nicht identifizieren konnte, zwang sie, an etwas zu denken, bei dessen Anblick sich ihr Herz zusammenzog. Das Medaillon.

... Ja, das Medaillon sah sie vorher, bevor sie irgend etwas von ihnen wußte. Sie kam unerwartet in die Schreibstube und traf Marta weinend an. Sie hatte sie überrascht, und Marta hatte keine Gelegenheit mehr, weder ihr Gesicht noch das, was sie in der Hand hielt, zu verbergen. Sie nahm ihr das Medaillon wortlos aus der Hand. Es war nichts Besonderes, ein Gegenstand, wie ihn Katholiken lieben, ein Christuskopf mit der Dornenkrone in Silberblech geprägt, auf der Rückseite eine Inschrift. Diese Inschrift sagte ihr nichts. Erst bedeutend später erfuhr sie, welchen Namen Auschwitz vorher getragen hatte, bevor man polnischen Ortsnamen deutsche Endungen hinzufügte oder sie überhaupt völlig veränderte. Und als sie es erfuhr, erinnerte sie sich an jene Inschrift nicht mehr. Damals fragte sie nur:

„Woher haben Sie das?"

„Heute kam ein Zugang", erwiderte Marta.

„Ja, und?"

„Es ist wahrscheinlich aus einem der Depositenpakete heraus-gefallen."

„Ja? Und deshalb haben Sie geweint?"

Ihr Schweigen nahm sie als Bestätigung.

„Wirken diese Dinge so auf Sie?"

„Das konnte jemandem sehr viel bedeuten."

„Was wollen Sie damit machen?"

„Ich wollte es für mich behalten."

„Obwohl Sie wußten, daß die Lagerordnung den Häftlingen verbietet, solche Dinge zu besitzen?"

„Ja. Ich habe mir gedacht, daß dieses Gramm Silber für den deutschen Staat keinen Wert besitzt."

„Und für Sie?"

„Wenn ich darf, möchte ich es behalten."

„Gut, wenn ich erfahre, warum."

„Es wäre mir leichter ..., wenn ich es hätte."

„Glauben Sie an Wunder?"

„Ich glaube, daß Symbole unter gewissen Umständen Wunder wirken können."

„Sind Sie katholisch?"

„Ja."

,Sie sagte: ja. Sie sagte das in einer Weise, daß ich glauben sollte, ich hätte ins Schwarze getroffen. Sie hat mich betrogen, denn sie hatte keine religiösen Symbole im Sinn. Ich habe mich später davon überzeugt. Aber ich habe ihr diesen Schatz nicht weggenommen, siehst du, Walter. Ich sah Dankbarkeit in ihren Augen, wirkliche Dankbarkeit, aber ich habe vergessen, dir davon zu erzählen. Ich habe ja keine Liste all der Wohltaten aufgestellt, die ich ihr erwiesen habe, und vieles habe ich heute bereits vergessen. Aber das ist doch wichtig, jetzt ist es besonders wichtig, und ich muß alles tun, um mich daran zu erinnern und es aufzurechnen ... Also ..., ich habe ihr diesen Mann gebracht, ihren Verlobten, und ...'

,Nein!'

Diesmal wußte Lisa es bereits. Da war jene Stimme, jene klare, allzu klare Stimme, mit der ihre, Lisas, Angst sprach. Sie fürchtete sich. Und in dem Augenblick, als sie sich ihrer Angst bewußt wurde, begriff sie auch, was sie fürchtete. Sie sah dieses Bild wie in einem Wachtraum: Walter und die andere. Sie saßen an der Bar mit konzentrierten Gesichtern, als ob sie auf etwas lauschen würden ..., auf etwas, das aus der Ferne zu ihnen drang, und so mußten sie ihre Aufmerksamkeit anspannen, damit ihnen nichts verlorenging. Lisa wußte es: Sie hörten auf ihre Gedanken. Jene schwieg noch. Noch hatte sie nicht angefangen zu sprechen. Sie wartete. Ihre Augen, diese „hintergründigen Augen" waren nur scheinbar auf Walter gerichtet. Sie blickten durch ihn hindurch und suchten sie. Lisa sprang auf, um hinzulaufen, um dieses gefährliche Beisammensein zu stören, aber sie fiel sofort wieder in den Sessel zurück. Sie konnte nichts verhindern, nichts rückgängig machen. Und wieder spürte sie jenen Blick, der durch Walter auf sie traf. ‚Er wird es sowieso erfahren' – sagte dieser Blick – ‚ich bin doch hier, bereit, in jedem Augenblick zu sprechen, es wird also besser sein, wenn Sie sich selbst erinnern …'

Und Lisa erinnerte sich …

Der Weg zwischen Birkenau und Auschwitz. Frühling. Blühende Wiesen, über den Feldern das ausdauernde Trillern der Lerchen, Nebel wie Spinnweben über der Soła. Und sie – Aufseherin Anneliese Franz – auf einem Dienstrad. Sie überholt die marschierenden Kommandos, ohne sie zu sehen. Eine idyllische Landschaft. Bisweilen erreicht sie wie ein Peitschenhieb der Schrei eines Kapos oder das heisere Gebell eines Schäferhundes. Sie flieht davor. Die Rottenführer schauen sich nach ihr um. Sie ist hier neu. Sie kam hierher mit dem Ruf eines anständigen Mädchens und einer SS-Angehörigen, die sich des Vertrauens der Vorgesetzten erfreut. Dabei ist sie jung, frisch, man kann sagen: hübsch. Der Aufseherin Anneliese Franz hat man große Freiheit und ein großes Betätigungsfeld gegeben. Niemand schaut ihr auf die Finger, und wenn, dann wohlwollend. Sie schätzt das, ist stolz darauf und fest entschlossen, die in sie gesetzten Hoffnungen zu erfüllen. Ihr Kommando wird vollkommen werden, Aufseherin Anneliese Franz hat Pläne und sie versteht es, diese Pläne zu realisieren. Der Häftling, den sie aus der Schreibstube ausleihen will, wird ihrer Schreiberin eine musterhafte Buchführung beibringen. Die Ordnung, die dem Frauenlager fremd ist, wird bei ihrem Kommando beginnen.

Auschwitz I oder das Männerlager, sauber, ordentlich, fast duftend nach dem Dunghaufen in Birkenau. Die Schreibstube und eine unangenehme Überraschung:

„Wieso ist er nicht da? Sie haben es mir doch versprochen, Chef …"

Der Chef ist selbst überrascht, also schreit er:

„Was ist denn das für eine Ordnung, zum Donnerwetter?!
Kapo!"

Kapo Werner mit dem roten Winkel ohne Buchstaben.

‚Ein Deutscher', denkt Lisa, ‚ein politischer Feind.'

„Leider, Herr Oberscharführer", erklärt der Kapo. „Ich habe es
Ihnen noch nicht sagen können. Der Häftling, um den es geht, hat
sich heute zum Krankenbau abgemeldet."

„Was? Zum Krankenbau? Auf einmal? Er wußte, daß er ins FKL
gehen soll! Gestern war er noch gesund wie ein Stier!"

Und unverschämt ruhig antwortet der Kapo:

„Irgendeine gefährliche Augeninfektion."

„Sie sehen es", der Chef ist ehrlich bekümmert. „Ich wollte
Ihnen zur Hand gehen, und nun ausgerechnet das …"

„Herr Chef", sagt der Kapo in einem Ton, als ob er über das
Kommando bestimmen würde, „vielleicht könnte ein anderer …?
Wenn Frau Aufseherin sich schon bemüht hat …"

„Wer zum Beispiel?"

„Zum Beispiel Tadeusz. Er weiß genausogut Bescheid wie der
andere …", und bevor der Chef der Schreibstube noch sagen kann:
‚Sicher, er weiß genausogut …', ruft der Kapo: „Tadeusz!"

Lisa erinnert sich an den Augenblick, als er vor ihr steht. Ein
kraftvolles Gesicht mit Spuren dunklen Bartwuchses, unbewegli-
che Züge wie eine Maske. Ordnungsgemäß kurze Antworten: Ja,
Frau Aufseherin. Nein, Frau Aufseherin. Und der Abmarsch. Und
dann der Augenblick, als sie sich gegenüberstehen – er und Marta.
Lisa ist schockiert:

„Ihr kennt euch?"

Martas Schweigen und seine ruhige Antwort:

„Jawohl, Frau Aufseherin."

„Eine Lagerliebe?" in Lisas Stimme klingt eine Drohung.

„Nein, Frau Aufseherin."

„Was dann? Verwandte?"

„Nein. Verlobte. Wir waren verlobt, in einer Welt, wo es so
etwas noch gab, Frau Aufseherin."

Das Bild verblaßt, entfernt sich, es bleiben nur die beiden dort
in der Bar. Sie sehen sie an, sie sehen sie ständig an. Abwartend.

‚Ja, es ist wahr, daß, als ich ihn ins Lager brachte, ich nicht
wußte, wen ich brachte. Aber wichtiger ist doch, nein, das einzig

Wesentliche ist doch, daß ich ihn nicht zurückschickte, daß ich ihnen erlaubte zusammen zu sein, als ich es erfuhr. Obwohl mir schon damals klar war, daß die Geschichte mit der Krankheit des anderen abgesprochen war, um Tadeusz Gelegenheit zu geben, Marta zu sehen, daß man uns – den Chef der Schreibstube und mich – hinters Licht geführt und unsere Autorität gefährdet hatte. Trotzdem machte ich keinen Gebrauch davon, ich schenkte ihnen diesen Tag, ganze zwölf Stunden ... Ich schenkte sie ihnen ...'

Sie atmet erleichtert auf. Jene Stimme schweigt. Lisa hebt den Kopf und wagt in jene Richtung zu sehen, wo Walter und sie sitzen. Nein, ihr Blick verfolgt sie nicht mehr. Ihre Augen sind auf etwas außerhalb von Lisa gerichtet, auf etwas sehr weit Entferntes, vielleicht auf jene zwölf Stunden, und Lisa sieht in ihren Augen dasselbe wie damals: Dankbarkeit. Sie sucht hastig ihr Notizbuch und trägt ein Kreuz ein. Und dann noch eins.

,Nein' – da ist wieder die Stimme. – ,Das war nicht selbstlos.'

,Nicht selbstlos?'

,Nein. Erinnern Sie sich, was am voraufgegangenen Tage geschah? An dem Tag, bevor Sie ... ihn brachten.'

Die Stimme verstummt, jedoch der nicht ausgesprochene Name erfüllt die Kabine. Lisa erschrickt.

,Am Tag vorher? Ich erinnere mich nicht. Aber – was es auch immer war – mindert das das Gute, das ich für euch getan habe?'

,Für uns? Es ging um Ihr Ziel. Um Ihren Sieg. Nur darum ging es.'

,Und selbst wenn? Ein Sieg mit Hilfe der Großzügigkeit, ist denn das ...?'

Der Blick der anderen wendet sich Walter zu:

,Wenn Ziuta hier wäre ...'

Und Walters Stimme:

,Ziuta? Wer ist Ziuta? Lisa, ich möchte wissen, wer das nun wieder ist ...'

,Ziuta ...' – Lisa sucht krampfhaft in ihrem Gedächtnis, ,Ziuta ... Wirklich, ich weiß es nicht ...'

,Soll ich sie bitten, daß sie dich daran erinnert?'

,Nein, nein, nicht nötig! Ich werde es dir gleich sagen, Walter. Du sollst es von mir hören. Nur von mir. Was ist daran so merkwürdig, daß ich mich nicht gleich erinnern kann? Soll ich mich nach so vielen Jahren an alle Namen erinnern? Und was kann dir schließlich daran liegen, daß ich mich an sie erinnere?'

,Ich möchte wissen, wer Ziuta war.'

Ziuta ... Eine zarte, schlanke Blondine mit einer Haut wie Porzellan und grauen, etwas hervorstehenden Augen. Ja, jetzt weiß ich es. Das ist gemein, daß sie mich zwingt, mich an Ziuta zu erinnern. Gemein. Sie weiß, wie unangenehm das für mich ist. Ich ekelte mich vor ihr und haßte sie. Sie war die erste, die mich zwang, etwas zu tun, was ich nur mit dem größten Widerwillen und nur, wenn es unbedingt notwendig war, tat: Sie zwang mich, Meldung zu machen. Sie warf den auf dem Weg arbeitenden Häftlingen durch den Drahtzaun wollene Socken aus dem Magazin zu. Sie bestahl den deutschen Staat und den deutschen Soldaten an der Front. Das durfte man nicht zulassen! Wie sollte ich vorgehen? Die Chefs anderer Kommandos erledigten solche Angelegenheiten manchmal selbst. Sie ließen sie strafexerzieren oder prügelten sie eigenhändig. Ich ekelte mich davor, ich war keine Sadistin. Meine Hände sind sauber – ich habe niemals einen Häftling geschlagen. Und es ist nicht meine Schuld, daß es andere taten, daß die Strafe, von der Absicht her durchaus richtig, sich in eine Orgie gedankenloser Grausamkeit verwandelte. Was konnte ich dafür, daß Rapportführer Taube rauschgiftsüchtig war?

Ich habe die Meldung geschrieben, denn das war meine Pflicht. Ihre logische Konsequenz wäre der Arrest oder die Strafkompanie gewesen. Soll ich. dafür verantwortlich gemacht werden, daß dies Taube zu wenig war?

An diesem Tag sahen wir die Schuldige vor dem Haupttor wieder. Sie stand nackt, mit einem von neuem geschorenen Kopf und mit einer Tafel vor dem Schoß, auf der geschrieben stand: Alles, was ich hatte, gab ich den Männern. Es war gerade die Zeit, zu der die Kommandos der Männer aus dem Lager kamen, aber obwohl die Kommandoführer dieser Heldentat Taubes mit einem donnernden Gelächter applaudierten, blickte keiner der Häftlinge, außer irgendeinem Kapo, in diese Richtung. Als unser Kommando vorbeikam, hörte ich den leisen Ruf: Ziuta! Das rief meine Schreiberin. Ich bemerkte ihre Handbewegung. Daraufhin hob die andere den Kopf. Auf dem Block rief ich sie zu mir. Ich sagte geradezu:

„Rapportführer Taube ist ein Sadist und entartet. Mit solchen Einfällen untergräbt er die erzieherische Funktion der Strafe. Trotzdem war die Bestrafung aber richtig."

Sie schwieg. Ich beschloß sie festzunageln.

„Sie solidarisieren sich mit ihr?"

Sie antwortete nach einer Weile:

„Wir sind in der gleichen Lage, Frau Aufseherin."

Da begriff ich: Das Gefühl der Gemeinsamkeit mit jenen grenzt sie von mir und meinem Ziel ab. Wenn es mir nicht gelingt, dieses Gefühl zu brechen – verliere ich. Denn das, was sich zwischen uns abspielte, das war ein Kampf. Warte, Walter. Aber natürlich. Gerade deswegen, weil ich zu ihr so ein Verhältnis hatte, wie ich es hatte. Das war ein Kampf gegen sie, aber auch um sie. Sie gehörte zu einem Volk, das nach den weitreichenden Plänen des Führers untergehen mußte. Nur einige wenige sollten übrigbleiben, diejenigen, denen es gelang, in dem deutschen Organismus aufzugehen. Ich mußte sie lehren, das zu wollen. Es mag sein, daß ich deswegen Tadeusz nicht wegschickte: um ihre Dankbarkeit zu erringen und sie trotz allem, was mit Ziuta geschehen war, an mich zu binden. Kann denn das verdammt werden, wenn ich sie doch retten wollte?

Was machte das schon, daß meine Handlungen mit den Richtlinien der Leitung übereinstimmten? Das war eher ein zufälliges Zusammentreffen. Im übrigen mindert das überhaupt nicht die Ehrlichkeit meines Verhältnisses zu ihr. Was man von ihr nicht sagen konnte. Sie betrog mich, sie betrog uns, Walter, mit einer Gemeinheit, die größer als unsere war. Ihre Diszipliniertheit, ihre untadelige Führung, das war nur Schein. Hinter dieser Schutzwand schadete sie uns, wo sie nur konnte und wie sie konnte. Siehst du, jetzt sagt sie nichts. Sie kann nicht abstreiten, daß es so war. Hör mich erst an, und dann beurteile ihr Verhalten, nur so kannst du die Wahrheit ermitteln.

Eines Tages rief mich die „Ober".

„Annie", sagte sie, „in deinem Kommando treiben sich zuviele Männer rum, du weißt, daß dein Vorgänger gerade deswegen geflogen ist, weil er damit nicht fertig wurde. Deine Probezeit verläuft gut, versuch also, damit ein Ende zu machen. Benutz den Kapo, na, und deinen Liebling, denk daran, wir kommen ohne die Mitarbeit der Häftlinge nicht aus."

Das war so einfach, zu sagen: Benutz deinen Liebling … Ich kehrte sofort ins Lager zurück, obwohl es schon nach dem Appell war und das Kommando in den Block gegangen war. Ich beschloß, mit Marta zu sprechen. Ich dachte über meine Argumente nach. Im Raum war es kühl. Ich schaute in den Ofen. Die Kohlen glimmten noch, ich versuchte, das Feuer anzufachen. Und da fielen aus dem Feuerloch merkwürdige Gegenstände heraus. Ringe. Nicht verglühte Reste. Die Steine waren nicht mehr da, offenbar waren sie geschmolzen. Wer konnte das getan haben? Nur Marta hatte hier Zutritt. Und Kapo Elsa. Aber Kapo Elsa lieferte immer alles ab, was sie in den Sachen fand – Marta niemals, obwohl bei Abwesenheit des Kapos die Häftlinge ihr den gefundenen Schmuck abliefern sollten. Nur daß sie niemals etwas fanden. Ja …, sie war am meisten verdächtig. „Für den deutschen Staat hat das keinen Wert", hat sie einmal von ihrem Silberblech gesagt. Aber die verbrannten Ringe hatten einen Wert. Und gerade deswegen hat sie sie ins Feuer geworfen. Wie viele davon hat sie in Asche verwandeln können? Sollte ich die Politische Abteilung benachrichtigen? … Es würde eine Untersuchung geben … Was erreichte ich damit? Ich würde sie vernichten, statt sie zu retten. Ich ging in den Block. Sie wohnte zusammen mit der Blockältesten in einer abgeteilten Stube. Ich hatte sie vor einigen Tagen aus dem Block dorthin verlegt.

Sie las einen Brief, als ich hereinkam. Es schien mir, daß sie mein Anblick verwirrte.

„Setzen Sie sich", sagte ich. „Wir haben miteinander zu reden."

Sie setzte sich. Ich schaute sie eine Weile an. Ich hatte große Lust, ihr den verbrannten Schmuck zu zeigen. Ich tat es nicht. Ich sagte nur: „Dem Kommando droht die Abkommandierung zur Außenarbeit. Sie können sich denken, warum. Wegen der ständigen Konspiration mit den Männern."

„In unserem Kommando?" fragte sie, als ob sie ein Recht hätte, sich zu wundern.

„Ja. Schmuggel und verschiedene andere Sachen."

„Es gab noch keinen Fall …", begann sie.

„Es kann jeden Augenblick geschehen."

„Ich habe darauf keinen Einfluß, Frau Aufseherin."

„Sie wollen sich der Verantwortung entziehen."

„Das … ist die Aufgabe von Kapo Elsa", antwortete sie.

„Wie Sie wollen", brach ich das Gespräch ab. „Mir ist es egal, wer hier arbeitet."

Sie sah auf den Brief, der vor ihr lag.

„Von zu Hause?"

„Jawohl."

„Was schreiben sie?"

Sie schaute mich an, wie sie es immer tat, mit diesem „frappierenden" Blick.

„Sie freuen sich, daß ich gesund bin und ...", sie stockte, aber dann beendete sie den Satz scheinbar ruhig, „daß ich eine gute Arbeit habe."

„Hören Sie bitte", begann ich von neuem. „Ich kann vieles verstehen. Das habe ich bewiesen. Ich habe Ihnen erlaubt, mit Ihrem Verlobten zusammenzukommen. Und ich kann euch noch so manche Begegnung ermöglichen ..."

Bei diesen Worten hellte sich ihr Gesicht auf, sie konnte es nicht verbergen. Und ich fühlte wieder das gleiche wie damals bei ihrer ersten Begegnung: Ich empfand irgendwie Verdruß, merkwürdigerweise aber auch Befriedigung, ins Schwarze getroffen zu haben.

„Aber Sie werden sich mit Kapo Elsa alle Mühe geben, daß sich die Männer hier nicht mehr herumtreiben. Der nächste Monat entscheidet über das Schicksal des Kommandos."

„Ob ...?" sie wollte noch etwas fragen, aber ich schnitt ihr das Wort ab.

„Ich brauche keine Erklärungen. Ich will eine Änderung sehen!"

Welche Argumente benutzte sie gegenüber dem Kommando? Die Drohung, daß sie auf Außenkommando geschickt würden? Bisher hatte das nichts genutzt. Aber es wurde offensichtlich besser. Das Kommando war taub und stumm, wenn Männer in der Nähe waren. Und wenn eine dennoch versuchte auszubrechen, intervenierte meine Schreiberin sofort. Ich habe es selbst gesehen. Sie hatte einem Häftling einen Fetzen aus der Hand genommen, den man ihm zugeworfen hatte. Ich ließ sie antreten.

„Diejenige, die das gemacht hat, wäre jetzt schon bei der SK. Wenn Marta nicht gewesen wäre. Deshalb schreibe ich keine Meldung. Hier gilt der Grundsatz: Es sind alle für einen und einer für alle verantwortlich."

Sie hätte sich das als Verdienst anrechnen können, sie aber ...

‚Und was ist mit Ziuta geschehen?'

Unerwartet meldete sich diese Stimme. Lisa prallte wie vor einem Hindernis zurück. Sie war so nahe am Ziel, sie strebte ihm immer sicherer zu, schon fast ohne Anstrengung. Jetzt fühlte sie plötzlich eine Schwere in allen Gliedern.

‚Mit Ziuta? Das wurde schon gesagt.'

‚Nein! Was mit ihr an dem gleichen Tag geschah … Sie wissen doch … An dem gleichen Abend, an dem Sie in den Block gingen.'

Sie wußte es nicht. Sie hörte auf die Schläge ihres Herzens, die immer schwerer und langsamer wurden, und sie schwieg. Sie wollte sprechen, Walter schaute sie erwartungsvoll an, aber was konnte sie sagen? Woher sollte sie wissen, was mit dieser … Ziuta geschehen war? Sie war mit ihr fertig, als sie die Meldung geschrieben hatte. Man hatte sie zur SK verurteilt, und Lisa hatte keinen Grund, sich weiter für sie zu interessieren. Und in diesem Augenblick sah es Lisa. Rote Kreise auf dem Sand, die Lagerstraße, Nebel. Das Bild war noch nicht deutlich, aber Lisa wußte es bereits. Das war an jenem Abend, als sie von Marta die stillschweigende Bereitschaft zur Zusammenarbeit erzwungen hatte. Als sie ins Lager hineinfuhr, sah sie zu Anfang nichts. Nur Schreie waren im Nebel zu hören. Irgendein Kommando absolvierte sein Strafexerzieren. Sie fuhr auf der Lagerstraße nahe an ihm vorbei. Sie erkannte die Strafkompanie. Sie schaute flüchtig hin und bemerkte die roten Kreise auf den Rücken der Häftlinge, als sie auf Ellenbogen und Knien zu den Stiefeln des Arbeitsdienstführers Pörschel hinkrochen. Ein- oder zweimal sah sie auch aufgerissene Münder und hervorquellende Augen, als die Frauen auf Kommando aufsprangen und sich fallen ließen. Auf der ganzen Länge der Lagerstraße. Verwischt und undeutlich zog das Bild auch jetzt an ihren Augen vorüber. Sie bemühte sich, es zu greifen und festzuhalten, in dem unklaren Gefühl, daß sie vielleicht die Antwort auf die Frage nach Ziuta finden würde. Aber die Antwort kam von einer anderen Seite.

In der vierten „Sportstunde" wurde Ziuta zu Tode getrampelt. Sie stand aus der Position „Hinlegen" nicht auf, und Pörschel machte sie fertig.

Fast hörte Lisa die Stille, die nach diesen Worten eintrat. Sie hob den Blick und suchte Walters Augen. Sie waren kalt und ausdruckslos. Sie fühlte kalten Schweiß am ganzen Körper.

‚Das wollte ich nicht, Walter! Ich konnte doch nicht wissen, womit das endet. Das war doch nicht meine Schuld, daß die anderen solche fixen Ideen hatten. Taube – das Erschlagen der halbtoten Frauen, der Muselmänner im fünfundzwanzigsten Block, Pörschel – das Strafexerzieren. Ich kann doch für sie nicht verantwortlich sein! Es sei denn, daß ich für alles und für alle verantwortlich sein soll!'

,Nein. Das sollst du nicht.'

Tränen traten ihr in die Augen.

,Ich danke dir, Walter, ich habe sie ja nicht zur SK verurteilt. Es war nicht meine Sache, die Strafe festzusetzen. Ich habe nur die Meldung geschrieben. Ich war neu. Ich hatte keine Ahnung, wie das ist in dieser Strafkompanie. Theoretisch unterschied sie sich von den anderen Kommandos dadurch, daß dort schwerer gearbeitet wurde. Ich hatte keine Ahnung, wie das wirklich aussah. Diese Gefangene Ziuta war die erste, über die ich eine Meldung schreiben mußte.'

,War sie die letzte?'

,Ich wollte, daß es die letzte war. Ich habe mich mit meiner ganzen Kraft darum bemüht. Zu diesem Zweck versuchte ich Marta zu benutzen. Ich versprach ihr die Begegnung mit ihrem Verlobten, wenn sie mir dabei half. Siehst du, zu solchen Mitteln mußte ich greifen. Als wenn das nicht zu ihrem Guten, in ihrem Interesse, gewesen wäre. Damals, als sie die andere daran hinderte, diesen Fetzen hinauszuschmuggeln, hat sie sie vor der SK gerettet. Sie hätte sich das als Verdienst anrechnen können. Aber so war es nicht. Sie fühlte sich unsicher, sie verlor ihre Ruhe. Zumal die anderen ihr Verhalten anders beurteilten und sie es nicht fertig brachte, die Grenzen der Herdenmentalität zu überschreiten. Meine Anerkennung, sogar gewisse Privilegien, in deren Genuß ich das Kommando kommen ließ, bedeuteten ihr nichts. Sie ging finster umher, weil die Gespräche verstummten, wenn sie sich den anderen näherte, weil sie einen Kreis der Isolierung um sich fühlte. In den Augen der anderen war sie bereits fast „meine" Kreatur. Übrigens war auch ich …, auch ich war schon geneigt zu glauben, daß ich diesen Kampf mit ihr gewonnen hatte, daß sie wirklich „meine" Kreatur war. Ohne Zweifel half sie mir, für eine gewisse Zeit Ordnung in das Kommando zu bringen. Das hatte mich getäuscht.

Das Gespräch mit der Oberaufseherin … Das war beinahe ein privates Gespräch beim Kaffee. Wie mich die anderen Kameradinnen um diese Vertraulichkeit beneideten! Die „Ober" duzte mich bereits! Sie war mit mir sehr zufrieden.

„Deine Probezeit verläuft famos, Anniechen. Du wirst mit dem Kommando ausgezeichnet fertig. Du verstehst es, die Häftlinge zur Mitarbeit heranzuziehen. Ich sage dir im Vertrauen: Es wird erwogen, dir den Posten der Lagerführerin in Mühlhausen anzuvertrauen. Was sagst du dazu?"

„Ich weiß nicht, ob ich es schaffe …"

„Kein Zweifel! Ich kann dir versichern: Überall ist es leichter als hier, alles andere ist besser als dieser verfluchte Müllhaufen. Ich war in vielen Lagern, Annie … Wenn jemand in Auschwitz einigermaßen zurechtkommt, dann wird er in einem anderen KZ ausgezeichnet fertig. Ich verrate dir, daß es mir nicht leichtgefallen ist, Ravensbrück zu verlassen. Aber Obergruppenführer Pohl sagte: ‚Die Besten auf die schwierigsten Posten.' Na ja. Du solltest nicht zögern, Annie. Ein solcher Einsatz, na und so eine Stellung – das bedeutet Stabilität. Dann bist du wenigstens einige Jahre an einem Ort. Du wirst dir ein Baby spendieren können."

Ich wurde verlegen. Die „Ober" hat das offensichtlich bemerkt.

„Ein Ehepaar sollte Kinder haben, Annie … Ganz zu schweigen davon", sie lachte, „daß der Reichsführer Kinderlosigkeit fast als Illoyalität gegenüber dem Staat betrachtet. Dein Mann bekommt doch Urlaub von der Front."

Kinder. Ich hatte keine Hoffnung. Seit einem gewissen Unfall mußte ich darauf verzichten.

Und auf der Rampe gab es so viele von ihnen. Manche davon unterschieden sich überhaupt nicht von unseren, von deutschen Kindern, sie hatten helle, glatte Haare und blaue Augen … Ich schaute ihnen zu, wenn sie auf dem Rasen tobten, mit dem Ball spielten, über das Seil sprangen. Niemals wird jemand die Wahrheit erkennen, das ist unmöglich. Was kannst du schon davon wissen, Walter, was ich beim Anblick dieser Kinder empfand? Das hat niemand gewußt, zum Glück, höchstens vielleicht … ja … sie hat es wahrscheinlich gewußt. Es ist merkwürdig, daß sie von mir mehr wußte als irgend jemand sonst, sogar mehr als meine Schwester. Wie ist es nur dazu gekommen? Hat sie mich beobachtet so wie ich sie? Zu welchem Zweck? Ich begann es besonders von dem Tag an zu ahnen, als wir uns überraschend hinter der Baracke begegneten. An diesem Tag kam ein Transport mit sehr vielen Kindern. Ich fühlte mich nicht recht wohl, und immer wieder kehrte ich an den gleichen Punkt, an die Barackenecke, zurück. Von dort sah man das flache Dach der Gaskammer mit den Schornsteinen. In diese Schornsteine entleerte ein SS-Mann den Inhalt von Büchsen mit „Zyklon B". Ich habe Marta nicht gleich bemerkt. Sie stand hinter der anderen Ecke und schaute genauso zu wie ich. Und von der Rampe her kamen die Kinder, mit Bällen und Sprungseilen spielend; ihr sorgloses Gezwitscher und auch ihr Weinen hörten wir immer näher. Wir entdeckten uns gleichzeitig. Ich sagte nur: „Gehen Sie in den Block, hier haben Sie nichts zu suchen." Aber mein Gesicht war sicherlich ebenso blaß wie das ihre.

Warum beobachtete sie mich? Damals dachte ich, daß sie in mir das, was menschlich war, aufspüren wollte, daß ihr daran gelegen war, weil ihr in gewissem Grad an mir lag. Der Gedanke war mir nicht unangenehm, daß auch sie um mich kämpfte, obwohl von einer anderen Position aus: indem sie in mir suchte, was menschlich war, so wie ich …'

,So wie du in ihr ausgerottet hast, was menschlich war', vollendete Walter, ihr ins Wort fallend, und Lisa zuckte zusammen.

,… Nein, erlaube, Walter … Du belastest mich bei meiner Selbstanklage zu früh. Ich werde dich davon überzeugen. In deiner Beurteilung steckt ein Fehler. Du sagst „menschlich" und verstehst darunter das, was „dem Menschen eigentümlich" ist. Ich bestreite eine solche Definition nicht. Ich möchte dich nur daran erinnern, daß in dem ethischen Wortschatz, den man mich seit frühester Jugend lehrte, dieses Wort gleichbedeutend war mit Schlappheit und Tölpelhaftigkeit. Wir sollten lernen, die engen Grenzen dessen, was menschlich war, zu überschreiten. Aber kehren wir zu deiner Bemerkung zurück.

In ihrem Lichte war ich ihr gegenüber menschlich, und somit konnte ich in ihr nicht das ausrotten, was menschlich war. Ich habe sie als Mensch behandelt, obwohl sie nur eine Nummer war, die der erbärmlichste SS-Mann jeden Augenblick ausradieren konnte. Ich war menschlich, und deshalb, nur deshalb täuschten mich damals ihre „menschlichen" Intentionen, so wie dich jetzt die eindeutige moralische Qualifikation dieses Wortes täuscht. Sie verstand es damals so wie wir, nicht aber so wie du, Walter. Sie suchte in mir das, was menschlich war, um in mir das zu entdekken, was schwach war. Siehst du, sie verstand es ebenso wie wir. Und als sie es entdeckt hatte, nutzte sie es ohne den Schatten eines Skrupels in dem Moment gegen mich aus, als ich von ihrer unbedingten Loyalität, ja beinahe von ihrer Ergebenheit, überzeugt war. Wie kann man also in diesem Lichte meine „Menschlichkeit" anders sehen, wenn nicht als Schlappheit und Tölpelhaftigkeit? Erlaube, hier sind die Fakten: die Geschichte mit „Herr Major". „Herr Major" war der Hund meiner Schwester. Ein phantastisches Tier, und Hasse hat ihn geradezu geliebt. Er war besonders abgerichtet und gefährlich für die Häftlinge. Eines Abends hatte er am Drahtzaun ein Mädchen gerissen. Es war eine Gefangene aus meinem Kommando. Ich glaube nicht, daß Hasse es soweit kommen lassen wollte, wahrscheinlich ging es ihr nur darum, alle diese Amateurflittchen, die sich jeden Abend am Drahtzaun versammelten, zu erschrecken.

Aber, wie ich sagte, der Hund war abgerichtet, und es war nicht leicht, ihn von dem Opfer loszureißen. Die Gefangene, die vom Blutverlust ohnmächtig war, brachte man ins Revier. Angst befiel das Kommando, dessen Disziplin sich bereits wieder zu lockern begann. Ob Marta ihre Vereinsamung bemerkt hatte, ob sie meinte, daß ich mein Versprechen allzulange nicht erfüllte, als daß es sich lohnen würde, dafür zu arbeiten? Damit nicht genug. Kurz darauf … Arme Hasse! Niemals habe ich sie so verzweifelt gesehen. Der Hund war verschwunden, und am Morgen, als ich zur Arbeit fuhr, fand ich ihn: Er hing in den Hochspannungsdrähten des Männerlagers. Hasse weinte bei mir wie ein Kind: „Banditen, Verbrecher! Ich werde sie finden! Alle gehen ins Gas!" Meine Schreiberin schrieb mit versteinertem Gesicht. Wie konnte ich damals nur übersehen, daß dies mit den beiden zusammenhing, die von Tadeusz kamen? Der einen von ihnen war der Kapo der Schreibstube – Werner, ein unverschämter Kerl, wie übrigens alle diese deutschen politischen Häftlinge.

Sie kamen ins Zimmer, meldeten sich bei mir, aber ihr Blick richtete sich sofort auf Marta, scheinbar aus Neugierde.

„Worum geht es?" fragte ich.

„Unser Chef hat befohlen, Ihnen das zu bringen", sagte der Kapo.

„Was ist das?"

„Neue Kontrollbücher und Formulare."

„Aha. Gebt her. Wird der Chef jemanden schicken, der das erklärt?"

„Er hat schon, Frau Aufseherin", sagte der andere.

Ich erkannte ihn wieder. Das war der Schreiber, für den man mir damals Tadeusz untergeschoben hatte.

„Aha ..., Sie sind das. Der mit der plötzlichen Augenkrankheit. Na, und? Haben Sie sich irgendwie vor der Blindheit retten können?"

„Jawohl", er schlug die Hacken zusammen, und der Kapo lächelte.

„Ein alter Trick", sagte ich. Sie werden noch einmal reinfallen, das kann ich Ihnen sagen."

„Jawohl, Frau Aufseherin."

„Jawohl ..., jawohl ... Es ist Krieg, anständige Männer fallen, und so etwas drückt sich in den KZs herum. Feiglinge!"

Der Kapo wurde rot.

„Sie irren", sagte er langsam. „1936 kämpfte ich in Spanien. Als Freiwilliger, Frau Aufseherin. Der Reichsführer hat mich mit dem roten Winkel nicht für Feigheit ausgezeichnet."

Ich beherrschte mich.

„Schweigen Sie", schnitt ich ihm das Wort ab. „Macht eure Arbeit, und dann ab. Marta, machen Sie sich damit vertraut."

Sie begannen mit den Erklärungen:

„Diese Rubrik, das ist ..., hier wird das Zeichen des Transports eingetragen, hier, woher er kam, hier die Zusammensetzung ...", da warf der andere einige polnische Worte ein, und Marta antwortete ihm polnisch.

„Bitte sprechen Sie deutsch", verlangte ich.

„Er spricht schlecht deutsch", beeilte sich der Kapo zu erklären.

„Was soll mir dann so ein Erklärer? Ihr könnt gehen", entschied ich. „Wenn es nötig sein wird, wird mir der Chef Tadeusz ausleihen. Nicht wahr, Marta?"

Sie wurde rot.

„Jawohl!" Die beiden standen stramm und gingen.

Ihr Kommen verband ich nicht sofort mit der Ermordung von „Herr Major". Manchmal verschwanden im Männerlager die SS-Hunde. Aber da haben diese Schweine sie einfach gefressen. Diesen jedoch haben sie in die Drähte geworfen. In der Leitung verstand man das eindeutig als Warnung. Man führte eine sorgfältige Untersuchung durch, natürlich ohne Erfolg. Und ich war blind. Selbst dann, als das Ergebnis der Sektion bekannt wurde, war ich nicht imstande, aus den einzelnen Ereignissen den konsequenten Schluß zu ziehen.

„Herr Major" hatte eine beschämende Leidenschaft: Schweizer Käse. Das konnte man bei einem Rassehund nicht vermuten. Um das auszunutzen, mußte man es wissen. Wer von den Häftlingen wußte davon?

Hasse schaute manchmal zu uns herein. Auf der Rampe, wo sich Tonnen von Lebensmitteln häuften, suchte sie für ihren Liebling Leckerbissen aus. Marta wußte davon. Ich habe sie einmal dabei erwischt, wie sie den Hund fütterte. Ich habe sie scharf zurechtgewiesen. Sie verteidigte sich: „Aufseherin Hasse hat den Hund im Zimmer gelassen. Als ich hereinkam, knurrte er mich an! Ich bin erschrocken ..."

Und sie griff in ein Paket, das Hasse gebracht hatte, und „Herr Major", ein abgerichteter Hund, ließ sich von fremder Hand füttern. Denn ... es war Käse. Und siehe da – in seinem Magen hat man Käse gefunden. Auf diese Weise wurde der Hund getötet. Diejenigen, die das taten, mußten Bescheid wissen. Sie haben es von Marta erfahren – Kapo Werner und der andere.

Doch das alles fügte sich erst bedeutend später zu einem logischen Zusammenhang von Ursache und Wirkung. Damals war ich blind, obwohl ich einen unklaren Verdacht hatte.'

*

Ein beharrliches Läuten brach aufdringlich in ihre Gedanken und zerriß schließlich deren Ablauf. Sie öffnete die Augen. Mit Mühe wachte sie aus ihrer Versunkenheit auf und kehrte in die Wirklichkeit zurück. Runde Fensteröffnungen? Warum brannten alle Lichter? Was war geschehen? Wo war Walter? Das Läuten erklang wieder, und Lisa begriff endlich, daß es das Telefon war. Ihr Herz schlug wild, als sie zum Telefon ging:

„Walter ...?"

„Frau Kretschmer? Hier Bradley. Guten Abend."

„Ah ..., Sie sind es ..., Mister Bradley ..."

„Bitte entschuldigen Sie meine Kühnheit. Ich habe mir gedacht, daß die Herrschaften vielleicht eingeschlafen sind."

„In der Tat ...“

„Und daß Sie es fertig bringen, das Abendessen zu verschlafen, wenn sich niemand entschließt ...“

„Abendessen?“

„Jawohl. Angesichts dessen habe ich nach Soldatenart die Verantwortung übernommen ...“

„Verantwortung ...? Ich verstehe nicht. Von welcher Verantwortung sprechen Sie?“

„Sie zu wecken. Zum Abendessen.“

„Ach ... ja ... Ich danke Ihnen.“

„Werden Sie bald herunterkommen?“

„Ja ..., das heißt ... Walter. Ohne mich.“

„Und Sie? Dauert Ihre Mißstimmung noch an?“

„Mißstimmung? Wovon sprechen Sie?“

„Entschuldigung, vielleicht habe ich mich schlecht ausgedrückt. Ich dachte an diese ..., nun, es scheint, daß Ihnen die Seekrankheit zusetzt.“

„Ja, eben.“

„Mein herzliches Beileid. Wenn Sie erlauben, ich habe da ein gewisses Mittel ...“

„Amerikanisch ...?“

Bradley schien ein wenig verwirrt zu sein.

„In der Tat ... Aber ...?“

„Verzeihen Sie. Mir sind nur die Nachkriegsjahre eingefallen. Man sagte damals ‚amerikanisch‘, und das bedeutete ‚ausgezeichnet, unvergleichbar‘.“

Bradley lachte.

„Aber das ist wirklich ein gutes Mittel, unabhängig davon, daß es ein amerikanisches ist.“

„Ich danke Ihnen. Wenn Sie so nett sein wollen, es meinem Mann zu geben?“

„Mit Vergnügen. Und ... kommt Herr Kretschmer bald zum Abendessen?“

Lisa konnte ihr Erstaunen nicht verbergen. Also war Walter nicht da?

Eben nicht. Er war nicht da. Er, Bradley, habe auf sie, auf sie beide, bis jetzt gewartet, schließlich habe er sich entschlossen anzurufen. Aber unnötigerweise, er stelle das mit Bedauern fest, habe er Frau Kretschmer beunruhigt. Herr Kretschmer werde sich sicher bald einstellen. Er mache vielleicht einen kleinen Spaziergang vor dem Abendessen, obwohl der Nebel so scheußlich sei, daß er an Deck niemanden antreffen würde, selbst keinen von den fanatischen Anhängern der Meeresluft.

„Ich erinnere mich", sagte Lisa langsam, „daß er Lust hatte, das Schiff zu besichtigen."

Bradley freute sich. Natürlich! Warum war ihm das nicht auch eingefallen! Er habe ja Herrn Kretschmer vor etwa …, na, vor etwa zwei Stunden gesehen, eben in Gesellschaft des Kapitäns und noch einer gewissen Dame, die ohne jeden Zweifel auch eine Kandidatin für die Besichtigung war. Frau Kretschmer wisse, um wen es geht, wenn er ihr sagt, daß dies seine Nachbarin sei …

„Nachbarin? Nein, ich weiß nicht, wer es ist. Schließlich Mister Bradley, ist das wohl weniger wichtig, mit wem …"

„Aber Frau Kretschmer!" Bradley schien amüsiert zu sein. „Sie wissen es ganz genau! Ich denke an die Person mit diesen merkwürdigen Augen, die wir gestern alle drei in der Bar bemerkt haben. Die Passagierin aus der Kabine 45. Ich nenne sie meine Nachbarin, weil sie eben …"

„Ihre Nachbarin aus Kabine 45?" Der Hörer wurde ihr schwer, und sie mußte die andere Hand zu Hilfe nehmen.

„Eben die. Ich habe sie zu dritt gesehen. Aber das war vor etwa zwei Stunden …"

Sie sagte noch einige Worte. Sie äußerte wohl die Vermutung, daß sie unter diesen Umständen mit dem Kapitän zu Abend essen würden, und sie riet Bradley sogar, auf Walter nicht mehr zu warten. Sie verharrte noch einen Augenblick mit dem Hörer am Ohr, und dann, als sie das Knacken hörte, ließ sie ihn aus der Hand gleiten. Sie selbst fiel auf den Boden neben den Sessel. Vor ihren Augen flimmerte es scharlachrot. In ihrer Einbildung sah sie große rote Blütenblätter vor sich.

„Rosen. Die Rosen aus Rajsk", stöhnte sie.

Natürlich, Walter wußte bereits von ihnen, oder er würde es erfahren. Sie würde es ihm bestimmt erzählen. Lisas Gesicht glühte. Das war etwas, das sie Walter von sich aus niemals erzählt hätte. Selbst wenn sie alles andere bekennen würde, selbst dann nicht, wenn sie um den Preis der Enthüllung dieser Geschichte etwas Schlimmeres verbergen durfte, etwas, das furchtbarer und gemeiner war als dies. Die Rosen aus Rajsk. Sie erinnerte sich an sie, sie sah sie genau, fast spürte sie ihren Duft, wie einst in ihrem Zimmer im Stabsgebäude. Die Rosen, die sie Marta weggenommen hatte.

Sie war jetzt weder fähig, etwas zu ihrer Verteidigung zu sagen, noch den Blick zu heben. Jener Traum war eine prophetische Vision. Sein drohendes Leitmotiv – Walter und Marta nebeneinander – war nun Tatsache.

Sie saßen irgendwo, vielleicht in derselben Bar, und sprachen miteinander. Das heißt – jene sprach, Walter hörte zu, und sie, Lisa, zählte nicht mehr. Sie war machtlos, alles spielte sich außerhalb von ihr ab, sie hatte nicht einmal jenes Recht, das jedem Verbrecher zusteht: das Recht der Teilnahme am eigenen Prozeß. Wie war es dazu gekommen? Warum hatte sie das nicht vorausgesehen und sich dagegen gewehrt? Sie hätte doch wissen müssen, daß dies geschehen würde, daß sie einander begegnen, das war unvermeidlich; jene wartete doch nur darauf, obwohl es Lisa schien, daß jene nur auf sie lauerte, um sie unmittelbar treffen zu können. Schließlich hat jene ja gewußt (immer hatte sie von Lisa alles genau gewußt), daß, wollte man Lisa am schwersten treffen, man sie in Walter treffen mußte. So wie übrigens Lisa seinerzeit wußte, daß, wenn sie jene erreichen wollte, sie …

*

Ihr zweiter Besuch beim Chef der Schreibstube, diesmal in Birkenau, wohin Tadeusz versetzt wurde. Ja, es ging darum, Tadeusz erneut „auszuleihen".

Sie wollte das Versprechen, das sie Marta gegeben hatte, einlösen.

Der Kommandoführer war freundlich.

„Tadeusz? Gut, aber nicht in diesen Tagen. Er hat jetzt eine eilige Arbeit für den Lagerführer. Kommen Sie mal bitte mit, Sie werden etwas Interessantes sehen."

Eine Kammer im hinteren Teil der Baracke. An den Wänden silberne Teller, solche, wie man sie in alten Schlössern findet, auf dem Tisch Pokale. Und im Lichte der Schreibtischlampe die Hand eines Häftlings, die den Stichel über die Oberfläche eines Pokals führte. Der Häftling stand auf, wie es die Lagerordnung vorschrieb, und der Chef lächelte gnädig.

„Mach deine Arbeit, du Fabrikant von Antiquitäten. Eine schöne Kollektion, Frau Franz, nicht wahr?" Ja, die Dinge schienen tatsächlich wie altes Silber auszusehen, und wer kein Kenner war, würde bestimmt nicht die Imitation bemerken. „Aber die interessanteren Dinge sind dort, in der Schublade. Tadeusz, zeig deinen Schatz."

Da erst schaute sie den Häftling an. Und erkannte ihn.

„Sie sind Graveur?" fragte sie.

„Ein wenig." Er stand zum zweitenmal auf.

„Lassen Sie sich nicht stören." Sie erlaubte ihm, sich hinzusetzen. Sie betrachtete die Dinge, die in der geöffneten Schublade lagen. Dort waren in Silber gravierte Blumen, Pferdeköpfe, ein Porträt des Lagerführers, andere phantastische Muster. Ganz unten – kleine Silberbleche. Die Form kam ihr bekannt vor. Ein Medaillon? So etwas hatte sie noch niemals getragen. Sie nahm eines in die Hand und bemerkte ... bekannte Züge. Das Bildnis einer Madonna, das unter dem Kinn zusammengebundene Tuch ... Der Chef wurde zum Telefon gerufen und ging hinaus. Sie nahm das nächste in die Hand. Das gleiche. Und wieder. Von diesen Mustern gab es einige zehn. Sie betrachtete sie und fühlte dabei seinen Blick.

Sie wußte nun, von wem Martas Medaillon stammte, warum sie geweint hatte, als sie es ansah, und wessen Züge das in das Silberblech eingravierte Madonnengesicht trug. Es war also ein Zeichen von ihm, vielleicht das erste Signal, daß er da war, und dann ..., ja ..., dann haben die anderen jenes Manöver inszeniert, damit er sie sehen konnte.

„Warum haben Sie sie ohne Haare dargestellt?" fragte sie. „Sie kennen sie doch mit Haaren."

„Ich habe sie so dargestellt, wie sie hier ist."

„Ihr werden die Haare nicht mehr geschoren, wissen Sie das nicht? Sie werden selbst sehen, wie sie gewachsen sind."

Sie erwartete irgendeine Reaktion. Aber sein Gesicht drückte nichts aus.

„Interessiert Sie das nicht?"

Er betrachtete sie eine Weile neugierig wie ein Schaustück. Für so einen Blick auf einen SS-Mann wanderte man in die SK. Wenn sie jemand anders wäre, sei es auch nur ihre Schwester, würde er eine Ohrfeige bekommen, Sie aber sagte:

„Die beiden, der Kapo und … der andere, haben sie Ihnen gesagt, daß sie Marta gesehen haben?"

„Jawohl."

„Sagen Sie mir mal, die anderen Häftlinge finden immer einen Dreh, um ins FKL zu kommen. Sie tun das nie. Warum nicht?"

„Das ist doch klar", sagte er nach längerem Schweigen. „Ich will sie nicht gefährden."

„Und die anderen?"

„Sie riskieren es."

„Heißt das, daß Sie vernünftiger sind?"

„Ja", er schaute ihr jetzt direkt ins Gesicht. „Weil das Risiko für mich größer wäre."

„Größer als für die anderen? Warum?"

Er stützte die Arme auf den Tisch.

„Ich weiß nicht, ob ich es ertragen könnte, wenn man sie schlagen würde … in meiner Gegenwart."

Ohne recht zu wissen warum, fragte sie:

„Sie sind Offizier?"

„Jawohl. Ich bin Offizier."

„Und das?" sie zeigte auf den Tisch. „Ich dachte, Sie sind Künstler?"

„Das ist mein Beruf aus der Friedenszeit."

„Ich verstehe. Sie sind der Meinung, während des Krieges sind alle Soldaten."

„Jawohl, Frau Aufseherin." Es schien ihr, daß in seiner Antwort Spott lag. „Das meine ich."

„Auch ich bin dieser Meinung", sagte sie. Sie wußte, daß er sie ansah, als sie wieder diese „Lagermadonna" betrachtete, daß er versuchte, sie zu durchschauen.

„Nun also", fragte sie leichthin, „soll ich Sie eines Tages wieder abholen? Auf diesem Wege droht Ihnen nichts. Ihr auch nicht."

Er schwieg eine Weile, dann sagte er:

„Darf ich …, erlauben Sie mir, offen zu sprechen?"

„Ich höre."

„So, als ob ich meine Uniform nicht anhätte und sie Ihre auch nicht?"

„Bitte sprechen Sie."

„Ich danke Ihnen für die Chance. Ich werde sie nicht wahrnehmen."

Ihre Überraschung war allzu groß. Sie stand auf. Er tat dasselbe. Sie versuchte einen gleichgültigen Ton anzuschlagen.

„Ich dachte, daß Ihnen daran liegt. Wenigstens so sehr wie ihr."

In seinem Blick war offener Haß. Und Verachtung.

„Wir sind beide im KZ, Marta und ich."

Sie zuckte die Achseln.

„Was hat das damit zu tun? Wenn ich euch Sicherheit garantiere?"

„Hier ist nur eines garantiert, Sie wissen es."

„Nehmen wir es an. Um so mehr müßte man eine Chance schätzen ... Ich verstehe Ihren Einwand nicht ..."

„Frau Aufseherin ... da Sie mit mir wie mit einem Menschen sprechen, werde ich Ihnen antworten wie einem Menschen. Liebe ist mit dem Leben verbunden. Hier aber ..."

„Ich verstehe. Sie meinen, daß es Liebe nur im Leben gibt."

Er schwieg.

„Noch eins", sagte sie, „wollen Sie Marta nicht sehen mit Rücksicht auf sich selbst oder ... auf sie?"

Er war erstaunt, daß sie es erraten hatte.

„Ich bin stärker als sie."

Sie begriff. Er wollte diese Liebe nicht nähren, damit er frei war, damit sie frei war. Sie erhob sich ...

„Gut. Gehen Sie an die Arbeit."

In der Tür wandte sie sich noch einmal um.

„Ich habe Marta versprochen, daß sie Sie sehen wird. Ich habe wohl das Recht, ihr geradeheraus zu sagen, daß Sie nicht kommen wollen?"

Er nahm Haltung an.

„Jawohl, Frau Aufseherin."

Sie stieg wütend aufs Rad. Wie er sie durchschaut hat, wie mühelos er ihre geheime Absicht entschlüsselt hat! Ein Häftling stürzte hinter der Baracke hervor und lief ihr direkt ins Rad. Sie sprang ab, um ihn anzubrüllen, da sah sie die Galgen. Es waren vier. Um die Galgen herum bewegten sich geschäftig einige Häftlinge. Sie stellten Treppen auf. Die leeren Schlingen schaukelten leicht im Wind. Sie wunderte sich. Vorher, auf dem Hinweg, hatte sie die Galgen nicht bemerkt, obwohl sie auch über den Appellplatz gefahren war.

Sie fuhr zum FKL, obgleich es spät und ihr Dienst längst zu Ende war. Aber sie mußte Marta sehen, in diesem Augenblick, sofort. Die Lagerstraße im Frauenlager war merkwürdig leer. Gewöhnlich rief das Erscheinen eines SS-Mannes um diese Zeit eine Panik hervor. Die Zeit vom Appell bis zur Lagerruhe – das war der Teil des Tages, in dem sich der Häftling relativ sicher fühlte. Er erledigte die lebensnotwendigen Dinge im Lager, oder er erlaubte sich den Luxus, jemand anderer zu sein, als er hier war. Aber jetzt sah Lisa keine heimlich verschwindenden Gestalten. Das Lager sah aus wie während einer Blocksperre. Als sie den Gesang hörte, begriff sie, was los war. Taube war im Lager. Dasselbe Lied wie immer: „Die blauen Dragoner".

„Weit ist der Weg zurück ins Heimatland, so weit, so weit …", klang es durch das Lager. Es war ein guter, eingespielter Gesang. Kein Kommando sang so wie Taubes „Fünfzehn", mit Gefühl für die Melodie und mit Verständnis für den Geist des Liedes.

„Guten Abend, Frau Franz." Taube hob die hölzerne Keule wie einen Marschallstab. „Ich geh ein bißchen Ordnung machen", prahlte er.

Sie nickte mit dem Kopf, ohne auf diese Prahlerei zu antworten. Ihren Weg kreuzten die drei hinter Taube marschierenden Fünferreihen. Stumpfe Gesichter, leere Augen wie bei Taube. Alle mit den Binden der Funktionshäftlinge. Alte Rückfällige, jeder hatte mindestens einige Jahre KZ hinter sich. Kriminelle. Sie trugen Spaten und einige von ihnen solche Keulen wie Taube. Sie sangen: „Der Mensch lebt nur einmal und dann nicht mehr …" und gingen in den Block 25, den Block der Muselmänner, der Halbtoten. Sie schleppten die kranken Frauen nach draußen und erschlugen sie mit dem Spaten oder schoben sie Taube zu, der mit der Keule arbeitete. Und dann empfingen sie aus seiner Hand das Drittel eines Brotlaibes und 150 Gramm Wurst – Zulage für Schwerarbeiter.

„Ja, weit ist der Weg zurück ins Heimatland, so weit, so weit …", hörte Lisa noch, als sie schon bei Martas Block war.

Kapo Elsa errötete bei ihrem Anblick:

„Marta ist am Drahtzaun, Frau Aufseherin, um diese Zeit steht sie immer dort. An dem Tag, als ‚Herr Major' diese Gefangene gebissen hat, war sie auch dort. Sie hatte Glück, denn das hätte auch ihr passieren können. Ich glaube, sie hat sogar geholfen, die andere aufs Revier zu bringen."

Und da, erst in diesem Moment, fiel es Lisa wie Schuppen von den Augen. Marta hatte bei der Tötung des Hundes ihre Hände im

Spiel. Das war klar. Am Tag vorher waren die beiden hier, und während sie sich auf eine idiotische Diskussion mit dem Kapo Werner einließ, wechselte Marta mit diesem Polen knappe Sätze, beschrieb den Hund, brachte ihm bei, womit man ihn anlocken konnte. Ohne ein Wort ging sie zum Drahtzaun, Kapo Elsa folgte ihr. Sie blieb an der Ecke der letzten Baracke stehen. Marta stand fast unbeweglich, mit dem Gesicht zum Männerlager. Was für ein Unsinn! Auf diese Entfernung konnte sie kein Wort mit den Männern wechseln, ja, sie konnte nicht einmal die Gesichter unterscheiden! Im übrigen war in diesem Augenblick niemand dort zu sehen. Im Männerlager dauerte der Hauptappell an, vielleicht wurde in diesem Augenblick eine Exekution vollzogen. Aber warum wollte er, der sie nicht einmal offiziell sehen wollte, diese Form der Verständigung? Und wieder begriff Lisa. Zwischen ihnen waren die Drähte. Es war unmöglich, sie nicht zu sehen, sie zu umgehen, sie aus ihrer Liebe zu streichen. Und darum ging es ihm: daß Marta nicht vergaß, wo sie sich befanden und was daraus folgte. Damit sie keine Hoffnung hatte, die die Liebe nährte und „mit dem Leben verband". Aufseherin Anneliese Franz gab Kapo Elsa den Befehl, Marta herzubringen, aber so, daß die anderen Gefangenen nichts davon merkten.

„Nun, Marta?" sagte sie freundschaftlich, als wäre in der Situation, in der sie Marta getroffen hatte, nichts Ungehöriges, als wäre sie keine Vorgesetzte, sondern eine Freundin, die mit einer vertrauten und angenehmen Nachricht gekommen war.

Sie hörte keine Antwort. Marta schwieg, so wie vordem er geschwiegen hatte, nur ihr Gesichtsausdruck wechselte rasch, zwischen Ungewißheit und Hoffnung schwankend, und ihre Augen versuchten einen festen Punkt zu finden.

„Nun? Freust du dich nicht?"

Schließlich antwortete sie stockend:

„Ich danke Ihnen, Frau Aufseherin Franz. Ich freue mich sehr."

„Ach …, du freust dich … Das ist schön. Das ist sehr anständig von dir, daß du geruhst, dich zu freuen, Marta. Und jetzt marsch!" Mit der ganzen bisher zurückgehaltenen Wut warf sie die Worte in Martas bereits wieder wachsames Gesicht. „Treib mir diese Gesellschaft zusammen!"

Marta zuckte nicht einmal zusammen. Sie stand vor ihr gerade aufgerichtet, in Habachtstellung, aber so übertrieben, daß es beleidigend war. Ihre Augen suchten keinen festen Punkt mehr. Sie hatten diesen Punkt in Lisas Augen gefunden und hefteten sich mit hartem Blick daran fest.

„Los!" Aufseherin Anneliese Franz fühlte, wie sie selbst blaß wurde. „Sonst …, sonst wirst du ihn nicht sehen! Weder hier noch …"

Sie beendete den Satz nicht. Noch eine Sekunde verharrten sie, die Blicke ineinander verkrallt, dann wandte sich Marta ab und ging zum Drahtzaun. Sie erreichte die erste Gefangene. Jene lief davon, sofort, ohne sich umzusehen. Ebenso die zweite. Aufseherin Franz hatte jetzt zum erstenmal die Gelegenheit, „ihre Technik" zu beobachten. Die Gesten, die Warnsignale waren so unauffällig, daß sie fast unsichtbar waren. Sie selbst hätte sie nie bemerkt. Aber nicht das wollte sie.

„Kapo!" rief sie. „Treib diese Bande auseinander!"

Kapo Elsa hatte nur darauf gewartet. Wie eine Furie stürzte sie vorwärts, sie brüllte, sie beschimpfte die Gefangenen, sie trat sie, sie schlug sie und warf sie zu Boden, wie sie sie nur erreichen konnte. Augenblicklich war der Platz am Drahtzaun leer. Und am nächsten Morgen begrüßte Kapo Elsa sie mit einer erfreulichen Neuigkeit.

„Marta wird boykottiert. Niemand spricht mit ihr. Wegen dieser gemeinsamen Aktion am Zaun."

Lisa nahm es gleichgültig auf.

„Ja? Und sie?"

„Sie läuft mit finsterem Gesicht herum, als ob sie gleich in die Drähte gehen will." Kapo Elsa war glücklich.

„Schicken Sie sie zu mir."

Sie konnte aus Martas Gesicht nichts herauslesen. Nichts war da außer dem ihr bereits bekannten, übertriebenen, wie für Fremde demonstrierten Diensteifer.

„Sind die Bücher für die Überprüfung vorbereitet?"

„Jawohl, Frau Aufseherin."

„Ich glaube, ich habe gestern gesagt, daß ein Häftling aus der Schreibstube des Männerlagers kommen soll."

„Jawohl, Frau Aufseherin."

„Er kommt nicht."

„Was soll ich jetzt machen, Frau Aufseherin?"

„Nehmen Sie sich die laufenden Transporte vor."

„Jawohl, Frau Aufseherin."

„Die Lage hat sich geändert. Das haben Sie wohl begriffen?"

„Ich habe begriffen, Frau Aufseherin."

Plötzlich ließ Lisa den strengen Ton fallen.

„Ich möchte dir etwas sagen, Marta. Und ich möchte dich auch etwas fragen."

„Ich höre, Frau Aufseherin Franz."

„Bitte setzen Sie sich." Sie wartete einen Augenblick, dann sagte sie: „Sie tun mir leid. Nein, darin ist nichts Verbotenes, wenigstens meiner Meinung nach. Schließlich wird der Krieg einmal zu Ende sein, und Sie kehren zum normalen Leben zurück. Ich glaube sogar, daß Sie in der neuen Ordnung einen Ihnen entsprechenden Platz finden werden. Und ich kann mir, ohne mit meinem Gewissen in Konflikt zu geraten, dieses ‚Menschliche' – das ist ja Ihr Ausdruck – und vielleicht sogar weibliches Mitgefühl erlauben."

Sie sah Angst in den Augen der anderen, und es erwachte tatsächlich so etwas wie Mitleid in ihr.

„Beruhigen Sie sich, es ist nichts geschehen." Wieder wartete sie einen Augenblick. „Ich möchte jedoch wissen, wie Sie dazu stehen, daß dieser Häftling, der die Gelegenheit hat hierherzukommen und Sie zu sehen, dieser Gelegenheit ausweicht oder sie bewußt nicht wahrnehmen will?"

Marta wurde blaß.

„Haben Sie deswegen ..."

„Ich habe gefragt, Marta ..."

„Ich würde das so verstehen, daß er sich mit mir nicht treffen will", sagte sie.

„Daß ihm daran nicht liegt?"

„Vielleicht ... vielleicht auch so. Daß ihm daran nicht liegt."

„Und was würden Sie darüber denken?"

„Ich glaube nicht, daß in einem solchen Falle viel nachzudenken wäre, Frau Aufseherin Franz", sagte sie tapfer. „Ich würde versuchen, das für verständlich zu halten."

„Verständlich? Sich von der Verlobten abzuwenden in einer Situation, die, sei es, wie es sei, zur Unterstützung verpflichtet, wenn auch nur moralisch, da es anders nicht möglich ist? Insbesondere da man weiß, was für sie so eine Unterstützung bedeutet ...? Na! Wohl nur die polnischen Männer sind dazu fähig."

„Sie kennen die polnischen Männer nicht, Frau Aufseherin."

„Gott sei Dank. Nicht die schlimmste deutsche Frau würde ein solches Verhalten ertragen."

„Ich halte es für richtig, Frau Aufseherin Franz."

„Tatsächlich? Ganz bestimmt? Was immer dieser Held auch macht?"

„Was immer er macht, es wird richtig sein, Frau Aufseherin Franz."

Sie schaute sie eine Weile an, dann zuckte sie die Achseln: „Sie tun mir leid."

Doch obwohl sie in diese Worte die ganze Ironie hineinlegte, deren sie fähig war, klangen sie blaß und unecht. Sie nahm deshalb den früheren Ton wieder auf:

„Gehen Sie an Ihre Arbeit. Und ... das mit seinem Kommen, das ist doch ein wenig anders. Es gibt wichtigere Gründe als das Wollen oder Nichtwollen eines Häftlings. Bei der Untersuchung der Sache mit dem Hund der Aufseherin Hasse hat man eine Spur gefunden, die in die Schreibstube führt. Man weiß nicht, was sich daraus ergeben kann."

Marta nahm dies mit völlig ausdruckslosem Gesicht auf.

„Ich hoffe, daß sich das rasch aufklären wird."

Hatte sie wirklich damit nichts zu tun, oder hatte sie Lisas Spiel so weit durchschaut, um zu wissen, daß sie mit ihr etwas plante und daher weder ihm noch ihr von Lisas Seite etwas drohte? Ja, eher das zweite. Lisa glaubte genug Beweise dafür zu haben, daß sie für Marta ein offenes Buch war. Sowohl sie als auch er erlaubten sich Dinge, die noch vor einigen Monaten undenkbar waren. Wem von diesen verlogenen Schreiberlingen Auschwitzer Greueltaten würde auch nur ein einziges ähnliches Gespräch eines SS-Mannes mit einem Häftling aus der Feder fließen? Wer von diesen Wahrheitssuchern würde den Vorfall mit den Rosen schildern? Eine heiße Welle stieg ihr ins Gesicht. Niemand wird ihr das Geständnis dieser Tat entlocken können, selbst wenn man ihr alle anderen Geständnisse entreißen würde! In dieser relativ unschuldigen Tat war etwas Beschämendes, heute empfand sie dies deutlicher als damals. Sie wehrte sich verbissen dagegen, an der Grenze der Verzweiflung, als wäre es gerade diese Tat, die sie in Walters oder in den Augen der anderen verdammen würde. Aber sie war zu schwach. Sie hatte den Eindruck, als hätte man sie an den Sessel gefesselt, sie auf merkwürdige Weise gezwungen, einen Film anzusehen, einen entsetzlichen Film, in dem sie die Hauptrolle spielte. Eine der Szenen, die schrecklichste für sie und die unwahrscheinlichste für die Zuschauer, das waren die Rosen aus Rajsk. Sie sah wieder den Kessel, spürte fast den Geruch, den ekelerregenden Geruch der Lagersuppe, absurd vermengt mit dem Duft der Rosen.

An diesem Tag hatte das Kommando länger gearbeitet, um den Platz für den nächsten Transport vorzubereiten. Der vorige Transport verbrannte teilweise in den Gruben. Der Rauch, vom Nebel niedergehalten, lag über dem Lager, und der Gestank verbrannten Fleisches wurde von Augenblick zu Augenblick stärker. Die Frauen bewegten sich mühsam mit gelb gewordenen Gesichtern, einige erbrachen sich. Das Tempo der Arbeit wurde langsamer, und das Geschrei von Kapo Elsa half nicht viel. Lisa ordnete an, daß der Abendkaffee aus der Küche direkt zum Kommando gebracht wurde und nicht erst in den Block. Abendbrot und eine halbe Stunde Pause. Der Kaffee wurde ausgeschenkt. Die Mädchen saßen in Gruppen zusammen, inmitten zusammengeworfener Kleiderhaufen, und aßen. Marta war nicht im Raum.

Warum beunruhigte Lisa das? Und warum ging sie Marta suchen, statt sie zu rufen? Was ging zwischen ihnen vor, daß sie ihr sogar dann nachging, wenn sie es gar nicht wollte? Wollte sie sie zwischen den Gefangenen finden, sie zwischen ihnen sehen? Ja …, das war es wohl. Sie war irgendwie eifersüchtig auf sie wegen der Augenblicke, die sie zwischen den Häftlingen verbrachte, völlig zu ihnen gehörig, wenn sie sich mit ihnen in dieser merkwürdigen, zischenden Sprache über etwas unterhielt, das sie nicht kannte und nicht verstand. Ja, das war es. In solchen Augenblicken hatte sie sie immer zu sich gerufen. Die Gefangenen hatten das sicher bemerkt. Vielleicht lachten sie darüber?

Diesmal war sie nicht unter ihnen. Und keine hatte Zeit, Marta zu warnen, denn Lisa kam aus dem Inneren der Baracke. Marta stand hinter einem Haufen Kinderkleidung. Dort türmten sich winzige bunte Schuhe und Haarschleifen, Kleidchen – kleine Wunderwerke aus Spitzen und Musselin – und Spielzeug …, Spielzeug … Sie stand dort hinter diesem Haufen, gebeugt über den Suppenkessel, gebeugt, versonnen, als ob sie beten würde.

„Marta", sagte Lisa herankommend, aber die andere reagierte nicht. Und als Lisa bereits neben ihr stand, sagte jene, so als ob das, was geschah, völlig natürlich und selbstverständlich wäre, als ob sie zu ihrer guten Bekannten draußen in der Freiheit sprechen würde:

„Schauen Sie, wie schön sie sind." Sie nahm sie aus dem Kessel und führte sie zum Gesicht mit der Bewegung einer Nachtwandlerin.

Rosen, mit samtenen, scharlachroten Blütenblättern, widersinnig schön auf dem Hintergrund des Gerümpels, das Menschen hinterlassen hatten, die vor einer Stunde verbrannt worden waren. Wie viele waren es? Viele, mehr, als Lisa jemals bekommen hatte.

„Die sind zu meinem Namenstag, Frau Aufseherin", fuhr sie fort, ohne auf eine Frage zu warten, „und Tadeusz hat sie mir geschickt."

Sie nannte ihn beim Vornamen wie sonst nie, und in diesem Moment erkannte Lisa, daß Marta Fieber hatte, ja, eigentlich lief sie schon seit Tagen mit Fieber herum, aber jetzt schien es ihr ganz offensichtlich. Ihre Wangen glühten, ihre Augen glänzten unnatürlich. Ja. Lisa empfand es heute noch genauso:

‚Unsere Rosen. Aus unseren Gewächshäusern in Rajsk. Uns, den deutschen Frauen, sind sie geraubt worden. Unsere Rosen. Niemals habe ich solche Rosen bekommen, niemals, ich konnte von ihnen noch nicht mal träumen, aber für sie, diese Nummern, war das so einfach. Es genügte ein Wort von ihm, damit irgend jemand in Rajsk sie einem der Schmuggler vom Essenfahrerkommando gab ... Und was machte es schon, daß sie eingesperrt waren ...?'

Lisa sagte:

„Gib sie her", und auf den fragenden Blick aus den fieberglänzenden Augen fügte sie hinzu, „das ist kein Platz für sie."

Da gab ihr Marta die Rosen ohne ein Wort. Beim Hinausgehen überreichte ihr Lisa eine der Rosen.

„Das zum Namenstag ... von mir."

Am nächsten Tag traf sie Marta nicht am Schreibtisch an. Sie ging ins Revier.

*

Es klopfte, und der Steward trat ein.

„Sie erlauben ..."

Sie erwachte aus ihrer Versunkenheit:

„Was ist?"

„Das Abendessen, gnädige Frau. Ihr Gatte hat es bei mir bestellt."

„Danke. Stellen Sie es hin. Oder nein. Bitte nehmen Sie alles mit. Mit Ausnahme der Sandwiches und des Tees."

„Die gnädige Frau fühlen sich nicht wohl?"

„Ein wenig. Ich vertrage das Meer schlecht."

Sie bemerkte die abwartende Haltung des Stewards:

„Ist noch etwas …?"

„Jawohl. Ich habe eine bestimmte Information für Sie. Die Passagierin aus Kabine 45 ist Engländerin."

„Engländerin …", wiederholte sie.

„Jawohl. Sie reist nach Rio de Janeiro."

„Ist das alles?"

„Ja. Im Moment … Wenn Sie noch etwas wünschen sollten …"

„Danke." Sie gab ihm eine Banknote. Der Steward verneigte sich.

„Augenblick", sagte Lisa und hielt ihn in der Tür zurück. „Vielleicht noch den Namen. Und … reist sie allein?"

„Das Appartement bewohnt sie allein. Es scheint jedoch, daß sie zu dieser internationalen Gruppe gehört … Irgendeine Kommission oder etwas ähnliches."

„Ich danke Ihnen."

Der Steward ging hinaus, und Lisa erhob sich aus dem Sessel. Sie leerte den Aschenbecher, nahm ein Sandwich, legte es aber gleich wieder zurück, dann blieb sie vor dem Spiegel stehen.

‚Sie ist also eine Engländerin. Sicher hat sie einen anderen Vornamen. Nicht Marta. Warum sollte sie ausgerechnet Marta heißen?'

Plötzlich überfiel sie ein verzweifeltes Gähnen, ganz wie bei ihren Migräneanfällen, wenn unter dem Einfluß der Medikamente der Schmerz nachzulassen begann und nur eine große Müdigkeit blieb und das Verlangen nach Schlaf. Sie legte sich hin und deckte sich mit einer Decke zu. Nach einer Weile löschte sie das Licht. In der Kabine lag nur noch der Widerschein der Lichter an Deck, der Schatten einer Lampe huschte über die Wände. Sie schloß die Augen.

*

„Nein, ich wundere mich nicht, Mister Bradley ... Wenn mich
etwas erstaunt, dann nicht das, wovon Sie vorhin mit solcher Beun-
ruhigung sprachen, sondern, ich bitte mir das zu verzeihen, Ihre
Überraschung. So ist es, und ich nehme an, daß Sie mir nach eini-
gem Nachdenken zustimmen werden, daß, wenn ich mich schon
über etwas wundern soll, dann eben darüber. Ein weniger aufmerksamer Beobachter als Sie, lieber Mister Bradley, konnte
doch ..., ja, mit Sicherheit hätte er, zumindest im Jahre 1949, die
Entwicklung der Situation für die nächsten Jahre voraussehen können und auch ihre Eruption in der Gestalt, wie wir sie heute sehen.
Natürlich entschuldigt Sie in gewissem Grade die Tatsache, daß Sie
kein Deutscher sind, und eigentlich noch mehr, daß Sie Amerikaner sind."

„Wollen Sie damit sagen, daß unter allen Völkern auf der Erd-
kugel gerade die Amerikaner besonders wenig politischen Spür-
sinn besitzen?" In Bradleys Stimme klang eine leichte Ungeduld
mit.

„Nein, ganz sicher nicht, verehrter und lieber Kollege. Wenn ich
in dem Zustand, in dem ich mich im Augenblick befinde, überhaupt etwas sagen wollte, dann würde ich es dabei belassen, daß
ich das keineswegs meine. Ich meine jedoch, damit es in dieser
Frage keine Unklarheiten mehr gibt, daß die Amerikaner wie jedes
andere Volk – ich bitte zu beachten, daß ich nicht sage ‚die Amerikaner insbesondere', obwohl ich dazu einigen Grund hätte – un-
gern Fehler in ihrem ideal aufgebauten Staatssystem bemerken,
und natürlich schließen sie oft lieber die Augen oder wenden sich
ab, um nicht Stellung nehmen zu müssen. Wollen Sie das leugnen?"

„Es kann sein, es kann sein, Herr Kretschmer, ich kann jedoch
nicht erkennen, welcher Zusammenhang besteht zwischen dem
emotionalen Verhältnis des Amerikaners zu seinem eigenen Staat
und dem, was gegenwärtig in Ihrem Land vorgeht."

„Ist das möglich?"

Der Schatten eines Lächelns erschien bei dieser Frage auf Walters Gesicht, aber in der Dunkelheit bemerkte Bradley es nicht. Sie
saßen am Heck des Schiffes und unterhielten sich, gedrückt in
einen Winkel, wo sie Schutz vor Wind und Nebel suchten, als wäre

dies der einzig geeignete Ort für so ein Gespräch. Wahrscheinlich fühlten sie sich hier freier als irgendwo im Inneren des Schiffes, wo die Atmosphäre nach den letzten Nachrichten gespannt und wenig freundlich war. Außerdem hatte sich Bradley nach dem Abendessen auf die Suche nach Walter gemacht und ihn gerade hier gefunden.

„Wenn es tatsächlich so ist", sagte Walter, „dann tut es mir um so mehr leid. Ich möchte nicht der Mensch sein, der Ihnen diesen Zusammenhang aufdecken soll. Ich fühle mich wirklich nicht dazu berufen."

Aber Bradley beeilte sich nicht, wegzugehen und Walter in Ruhe zu lassen, obwohl er sich klar war, daß der andere sich nichts sehnlicher wünschte. Er fühlte sich fast beleidigt, daß Walter seine Unlust zu einem Gespräch so demonstrativ zeigte, und das in einer Situation, wo er, Bradley, dieses Gespräch suchte und brauchte. Daß Walter sich unwohl fühlte, erachtete er als eine unzureichende Begründung und war eher geneigt, Walter zu verdächtigen, daß er der Antwort auf diese Fragen ausweichen wollte. Er dachte nicht daran, ihm das zu erleichtern.

„Mein Freund, Doktor Streit, bezeichnete Sie als einen Menschen…"

„… mit dem man über alles reden kann", beendete Walter für ihn. „Und er hat in gewissem Sinne recht. Jedoch möchte ich, wenn Sie erlauben, eine kleine Korrektur anbringen. ‚Über alles' muß nicht unbedingt bedeuten: ausschließlich über Deutschland und die Deutschen – was Sie von mir erwarten. Westdeutschland existiert in einer konkreten Welt, Mister Bradley."

„Mich interessieren Ihre Ansichten, Herr Kretschmer. Ich will im übrigen nicht verheimlichen, daß Sie der einzige Mensch sind, mit dem ein vernünftiges Gespräch möglich ist. Einen anderen kenne ich nicht. Mag sein, daß ich Ihnen lästig bin, aber wenn ich Ihnen einen kleinen Cognac in meiner Kabine anbieten darf …?"

„Ich fühlte mich nicht sehr wohl. Ich glaube, daß es keine Schande ist, das zuzugeben. Ich stecke hier an Deck seit einigen Stunden, trotz Kälte und Nebel, weil mir in der Kabine …, überhaupt im Innern dieses Kastens schlecht wird. Es scheint, daß es auch mich erwischt hat."

„Das ist der Atlantik, dieser aufgewühlte Teich. Das ist eben nicht der Pazifik. Der Pazifik ist ruhig, in jeder Beziehung ruhig.

Doch abgesehen davon – wollen Sie hier noch bleiben? Das könnte gefährlich werden."

„Ich danke Ihnen. Klar, daß ich nicht die ganze Nacht hier bleiben werde. Schließlich muß ich mich auch um meine Frau kümmern. Höchstens ein Viertelstündchen ..."

„Ich bleibe diese Viertelstunde bei Ihnen, Herr Kretschmer. Ich möchte nicht, daß Sie über die Reling fliegen – die Wellen werden immer höher – oder daß Sie sich eine Grippe holen. Ich habe vorsichtshalber etwas zum Aufwärmen mitgenommen."

„Danke. Sie sind ein feiner Kerl, Mister Bradley."

„Obwohl ich ein Ami bin?"

„Eben", sagte Walter lachend.

Bradley zog eine flache Flasche aus der Tasche.

„Fünfundvierzig habt ihr uns nicht geliebt", hörte Walter aus der Dunkelheit. Er trank einige Schluck, und die Flasche zurückgebend, sagte er:

„Niemand liebt die Sieger, das werden Sie wohl zugeben, und kaum jemand liebt Missionare. Ihr seid das eine wie das andere gewesen. Ihr habt uns befohlen, Hunderte von Fragebogen mit einer umfassenden Beichte auszufüllen, uns zu bekehren und obendrein die Bekehrung zu beweisen."

„Und was habt ihr erwartet?"

„Jeder erwartete etwas anderes, wenn man überhaupt von irgendeiner Erwartung sprechen kann. Und für jeden war das, was ihr getan habt, nicht das, was er erwartete. Was es auch immer gewesen sein mag. Nun, das ist das Los der Sieger. Doch ihr seid bald vernünftig geworden, ziemlich rasch, das muß man zugeben, unglücklicherweise sogar allzu rasch."

„Sie sagten unglücklicherweise? So verstehen Sie das?"

„Nicht anders als Sie. Daher habe ich mir auch erlaubt, Ihren Satz ‚Ich sehe keinen Zusammenhang' gewissermaßen als rhetorische Einlage aufzufassen. Denn es ist unmöglich, daß Sie diesen Zusammenhang nicht sehen. Sie widersprechen nicht, ich kann daher annehmen, daß ich recht habe. Aber wenn es so ist, dann müssen Sie sich wohl darüber klar sein, daß diese dramatische Frage meine Person nur mittelbar betreffen kann, ich würde sogar sagen, daß ich der letzte bin, von dem eine Antwort zu erwarten Sie das Recht haben. Natürlich kann ich Sie dank dieser Frage jetzt besser verstehen. Ihr Interesse für das deutsche Problem, das, ich bitte mir zu verzeihen, etwas unnormal ist für einen normalen Amerikaner, gelangte dadurch in ein stärkeres Licht, das die Tiefe, den Untertext, um ein modernes Wort zu gebrauchen, sehen läßt. Ihr Beweggrund ist nicht Ihre historische Bildung, auf jeden Fall nicht sie allein, es ist die unter die Haut gehende Sorge, die Sie von dem Augenblick an nicht losließ, als Sie, wieder zu Hause, mit den Augen, die noch voller Krieg waren, den zweijährigen Jungen erblickten, Ihren bis dahin unbekannten Sohn. Diese Sorge eben, für die Ihr historisches Wissen wie auch Ihr Faktenwissen noch zusätzliche Nahrung war, hieß Sie wachsam beobachten, was in diesem Teil Europas geschieht. Sie sagten vor einer Weile: ‚Mein Sohn wird jetzt gerade so alt, wie ich 1939 war. Und wieder beginnt dasselbe …‘ Was soll ich Ihnen darauf antworten, Mister Bradley? Es ist nicht ausgeschlossen, daß viele meiner Landsleute – und nicht nur die Richter des deutschen Volkes, auch solche wie Sie und ich, annehmen, daß es nicht ‚dasselbe‘ ist. Und das wäre zu euren Gunsten gedacht. Denn Ihr Sohn, Bradley junior, wenn es ihm nun schon bestimmt ist zu fallen, wird nicht in einem Kampf gegen uns fallen, sondern gemeinsam mit uns …“

„… für euch.“

„… Arm in Arm, wie man so sagt“, Walter beachtete den Einwurf nicht, „im Kampf gegen einen gemeinsamen Feind, der die ganze Welt bedroht. Und euch auch, Mister Bradley.“

„Blödsinn! Verdammter, alter Blödsinn, Herr Kretschmer, der eben diese Welt einige zehn Millionen Tote gekostet hat. Die Amerikaner, Herr Kretschmer, könnten sich mit den Russen über die Einflußsphäre ausgezeichnet verständigen, und sie könnten hinter dem Ozean wie in Abrahams Schoß sitzen.“

„Das kann sein … Auch ich bin geneigt, das anzunehmen. Sicher haben Sie bemerkt, daß ich Sie nur mit einer gewissen, übrigens recht gängigen Meinung bekannt gemacht habe, zu der ich mich ansonsten mehr als distanziert verhalte. Aber unabhängig davon habt ihr einen Fehler gemacht, das heißt, um genau zu sein, eure Regierung hat ihn gemacht, und ihr, weil ihr dazu keine Stellung beziehen wolltet, habt ihn nicht gesehen. Vielleicht aber habt ihr ihn auch tatsächlich nicht gesehen. Ich schließe das nicht aus. Jedenfalls ist das, womit wir heute konfrontiert werden, die Konsequenz dieses Fehlers. So ist nun eben die Situation, in der man nur die eine Frage stellen kann, die auch Sie mir gestellt haben. Ich hoffe, Sie verstehen jetzt, daß Sie sie an eine nicht ganz richtige Adresse gerichtet haben. Im Ergebnis dieses Fehlers, wenn wir bei dieser Bezeichnung bleiben wollen und uns auf keine semantische Analyse dieses Wortes einlassen, hat Ihr Sohn, Mister Bradley, die Chance gewonnen, einen rühmlichen Tod im antibolschewistischen Kreuzzug zu sterben. Eine Chance von unzweifelhaft größerem Rang als die, die Sie vor einigen zehn Jahren hatten. So meint es Ihre Regierung, und bitte beachten Sie, daß die Meinung Ihrer Regierung auf erstaunlich harmonische Weise mit der Meinung des sogenannten Durchschnittsdeutschen übereinstimmt, dessen Haltung Sie mit solcher Empörung erfüllt. Diesem Deutschen, dem das Bündnis mit Amerika alles so weit verschleiert hat, daß er in nicht ganz zwanzig Jahren nach dem Kriege vergessen hat, wie der Tod ist. Ihr habt ihm dabei ausgezeichnet geholfen, indem ihr es selbst vergessen habt, oder, was noch schlimmer ist, indem ihr für den Tod ein neues, ihn schmückendes Gewand sucht. Aber er ist doch immer derselbe: gleichermaßen abscheulich, unabhängig davon, wie man stirbt und für wen, beziehungsweise gegen wen. Ich weiß nicht, ob Bradley junior eine Vorstellung vom Tod haben wird, wenn er zur Verteidigung des bedrohten Vaterlandes gerufen wird. Schon bald jedoch, wenn er dieselbe Gabe besitzt wie Bradley senior, die Gabe zu denken, wird seine Lebensphilosophie um einen weiteren Begriff bereichert werden: um den des sinnlosen Todes. Und mit diesem Begriff wird Ihr Sohn in diesen Krieg ziehen, im Unterschied zu Ihnen, denn Sie haben ja nicht nur geglaubt, Sie haben gewußt, daß Deutschland Ihr Vaterland bedroht. Es war Ihnen unmöglich, das nicht zu wissen, selbst wenn Sie es gewollt hätten, denn der Führer hat alles getan, damit keiner, selbst nicht der durchschnittlichste Amerikaner, den leisesten Zweifel daran haben konnte. Übrigens hatte sein Arm – Japan – euch bereits erreicht ... Ihr Sohn dagegen, wenn er darüber hinaus auch noch dieselben Anschauungen besitzt wie Sie ..."

„Ich habe nicht deshalb das Gespräch mit Ihnen gesucht", Bradley verbarg seine Verwirrung nicht, „damit Sie mir zeigen, wie mein Sohn sterben wird."

„Nein?" Walter tat verwundert „Und weshalb, wenn ich fragen darf, haben Sie es gesucht?"

„Um jetzt, wo der Rundfunk voll ist von jenen erbaulichen Meldungen aus Ihrem Vaterland, von Ihnen zu erfahren: Was sagen die Deutschen dazu?"

Das Schweigen dauerte so lange, daß es Bradley von einem gewissen Augenblick an schien, daß eben dies Schweigen die Antwort sei. Er empfand plötzlich das Schaukeln des Schiffes als unangenehm. Er schaute auf die Uhr und erhob sich.

„Einen Moment", sagte Walter, „ich möchte nicht, daß Sie mit der Überzeugung gehen, ich wolle mich vor einer Antwort drükken. Aber Sie haben gefragt: ‚Was sagen die Deutschen dazu', und eine solche Formulierung erfordert notwendigerweise eine eindeutige und umfassende Antwort. Ich überlege, ob ich imstande bin, sie zu geben. Es scheint mir außerdem, daß ich Ihnen im Laufe unseres Gesprächs in einem gewissen Sinne bereits geantwortet habe. Aber – wenn es nicht so war, wenn ich mich nicht klar genug ausgedrückt habe, bin ich bereit, es noch einmal zu tun, diesmal deutlicher. Nun, wenn es überhaupt zum Krieg kommt, dann sehen meine Landsleute darin die Erfüllung ihres Schicksals, nicht mehr. Das stimmt in gewissem Sinne mit Ihrer Theorie der deutschen Seele, die mit Mystizismus infiziert sei, überein."

„Und die bewußten Deutschen, selbst wenn es nur einzelne sind, solche wie Sie?"

„Ich danke Ihnen und bitte Sie zugleich um Verzeihung, wenn ich ein wenig brutal sein sollte. Diese Deutschen erblicken darin die Krönung der Politik des Staates, dessen Bürger Sie sind, und die Schuld dieses Staates, Mister Bradley. Sie lachen? Wenn das als Gegenargument gelten soll, dann ist es nicht viel. Und Sie können nicht leugnen ..."

„Entschuldigen Sie, Herr Kretschmer ..., das sollte kein Argument sein. Ich lache nur, weil mir ein bestimmter Gedanke gekommen ist: Wie abhängig doch der Blickwinkel von der Stellung des Betrachters ist. Diese Feststellung aus dem Gebiet der exakten Wissenschaften läßt sich hervorragend auf das praktische Leben übertragen. In Deutschland wird das besonders deutlich. Während 1945 die Deutschen, wenn sie von der deutschen Schuld hörten, im allgemeinen schwiegen, begannen Sie bereits drei Jahre später ein ‚aber' einzufügen. Das hatte den Zweck, die Verantwortung auf Hitler und seine Umgebung zu schieben. Alle waren schuld: die Koalitionsmächte, der Versailler Vertrag, nur nicht die Deutschen selbst. Ich habe die nach dem Krieg erschienenen Publikationen, die mit der Vergangenheit abrechneten, verfolgt. Es gibt sie jetzt fast gar nicht mehr. Und was habe ich festgestellt? Daß selbst die besten, wenn sie von der ‚deutschen Schuld‘ sprachen, sich nicht enthalten konnten, ein ‚aber‘ hinzuzufügen. Ja, der größte, der ehrlichste unter den Deutschen, Thomas Mann, sagt durch den Mund Zeitbloms: ‚… denn mit einem nicht geringen Teil unserer Bevölkerung, auch der am schwersten betroffenen und heimatlos gemachten, teile ich die Empfindung, daß wir nur empfangen, was wir ausgeteilt haben, und sollten wir schrecklicher büßen, als wir gesündigt haben, so mag uns das Wort in den Ohren klingen, daß, wer da Wind säet, den Sturm ernten wird …‘. ‚Sollten wir schrecklicher büßen als wir gesündigt haben‘, Kretschmer! Als ob es für den deutschen Größenwahn eine hinreichende Buße geben könnte! Ein einziger Mensch davon ohne ein ‚aber‘, das war Doktor Streit. Er sprach von der Schuld und der eigenen Verantwortung, der eigenen Verantwortung, Herr Kretschmer, er, der die Hälfte der Herrschaft Hitlers hinter Stacheldraht verbracht hat. Ja, es gab viele wie ihn, damals, als wir die Tore von Dachau aus den Angeln hoben. Jetzt aber …"

„Beginnt Doktor Streit auch ein ‚aber‘ hinzuzufügen?"

„Nein, das nicht."

„Also, was?"

Bradley schwieg längere Zeit.

Schließlich sagte er:

„Die Deutschen sind wieder eine Macht. Und Streit ist allein."

„Hören Sie, Mister Bradley. Ich verstehe nicht ganz, worauf Sie hinaus wollen. Wenn Sie mir sagen wollen, daß die Deutschen sich nicht geändert haben, dann müssen Sie dafür, um Gottes willen, nicht so maskierte Argumente benutzen. Ich sehe da klar. Aber ich muß Sie fragen, was auch immer Sie darüber denken mögen, wer trägt dafür die Verantwortung, wer hat es hauptsächlich bewirkt, daß wir eine Macht sind? Es kann Ihnen doch nicht unbekannt sein, an wessen Adresse Millionen Deutscher ihren Dank richten dafür, daß man ihnen die Niederlage in einen Sieg verwandelte, denn das bedeutete für sie Stabilisierung und Wohlstand, den sie über alles andere setzen. Sie haben nicht bemerkt, daß im Wohlstand die allerwesentlichste Chance begraben wurde, die Chance des Lebens. Jawohl, Mister Bradley. Wir waren völlig besiegt, denn wir waren moralisch besiegt, wir waren so schwach, so nackt in unserer physischen und geistigen Not, daß man alles mit uns machen konnte. Auch Gutes. Es kam nur darauf an, was man wählte. Sie sagten: ,Die Deutschen sind wieder eine Macht', und dachten dabei, daß sie wiederum unschuldig sind. Aber wer hat bewirkt, daß wir stark wurden? Und unsere Stärke ist um so gefährlicher, als wir gesehen haben, daß die Welt in keiner Weise ohne uns auskommen kann, daß unsere sogenannten Verbrechen offenbar keine Verbrechen sind, da man sie mit einer Handbewegung abgetan hat, und daß die sogenannten Verbrecher wahrscheinlich ganz ordentliche Leute sind, da die gestrigen Missionare und Ritter des Anti-Hitler-Kreuzzuges sie in den Dienst für die neue Ordnung berufen haben. Und Sie empören sich, daß ein Deutscher, den Sie nach diesen ,Verbrechen' fragen, antwortet: ,Davon weiß ich nichts'. Sie sind hierher gekommen, haben mich in diesem Nebel und dieser Dunkelheit gefunden, um von mir, ausgerechnet von mir, die Antwort auf die Frage zu verlangen, warum Ihr Sohn für die Deutschen und ihre unsauberen Angelegenheiten sterben soll? Nun darum, Mister Bradley, weil Ihre Regierung und, wenn Sie die Regierung mit dem Volk gleichsetzen, wie Sie es ja im Falle der Deutschen tun, nun also weil Sie selbst das wollen."

Bradley antwortete erst nach längerer Zeit, seine Stimme war ein wenig heiser:

„Sie scherzen wohl. Der polemische Eifer ist mit Ihnen durchgegangen. Ich selbst …! Die einzige Art, in der sich meine gesellschaftliche Aktivität ausdrücken kann, das sind die Wahlen. Danach … kann ich schlafen gehen. Diese Herren machen dann, was sie wollen, und fragen keinen nach seiner Meinung."

„Es ist nicht meine Sache, Sie davon zu überzeugen, daß es auch anders sein kann. Es würde sogar komisch klingen aus dem Mund eines Deutschen, Glied eines Volkes, das von jeher ein willenloses Werkzeug in den Händen seiner Regierungen war. Ebenso klingt das, was Sie vor einer Weile sagten, etwas merkwürdig aus dem Mund eines Menschen, der nichts anderes als allein die Haltung des Einverstandenseins mit der Regierung für die größte Schuld des deutschen Volkes hält. Denn wenn wir diese Formel ,Einverständnis mit dem Verbrechern' wie auch die Haltung des einzelnen dazu näher betrachten, werden wir sehen, daß das zunächst ein Einverständnis im allgemeinen war, ein Einverständnis mit der Realität, die in ihrer anfänglichen Praxis nicht unbedingt offensichtlich verbrecherisch war. Und wenn wir das annehmen, dann zeigt es sich, daß diese Haltung des Einverstandenseins kein ausschließlich deutscher Charakterzug ist. Genausogut könnte man ja Sie fragen, ob Sie mit dem einverstanden waren, was die Steuermänner des amerikanischen Staatsschiffes taten. Was war dieses Einverständnis, wenn nicht das Einverständnis mit dem Verbrechen, das zwar nicht wahrnehmbar war, weil es sich gewissermaßen im Status nascendi befand, aber wo blieb eure Vorstellungskraft, euer politisches Denken? Es hat euch gefehlt, so wie es uns damals gefehlt hat, als wir die Menschen mit den gelben Sternen auf den Straßen sahen und nicht lautstark protestierten. Vielleicht unter anderem auch deswegen nicht, weil niemandes Vorstellungskraft so weit reichte, um vorauszusehen, daß die Konsequenz des gelben Sterns die Gaskammer sein wird. Bitte, erlauben Sie nur noch einige Worte, und dann beenden wir unser Gespräch im Nebel, das zu nichts führen kann. Wer weiß, ob nicht gerade deswegen, weil es ein Gespräch im Nebel ist, weil uns der Boden fehlt, Mister Bradley, der feste Boden der Überzeugung, sei es auch nur so einer, auf dem unser gemeinsamer Freund Doktor Streit steht. Ich habe mir erlaubt, diese Analogie zwischen euch und uns keineswegs deswegen herzustellen, um einen polemischen Schachzug zu demonstrieren, obwohl Sie das so verstehen. Nein, Mister Bradley, das ist kein Schachzug, daraus spricht meine Sorge, die ebenso ehrlich ist wie die, die ich aus Ihren Worten herausgehört habe. Sie sind an den Kult, den wir mit Amerika treiben, gewöhnt, aber nichts zeigt doch so deutlich wie dieser Kult, wer der Hauptschuldige ist, wenn es überhaupt logisch ist, in bezug auf unser ‚Wirtschaftswunderland‘ von einem Schuldigen zu sprechen. Aber ich habe schon vorhin gesagt, daß ich in diesem Wunder eine verlorene Chance sehe, auch meine Chance, Mister Bradley.

Wie Sie bereits wissen, habe ich in jener Zeit getan, was ich konnte, um nicht zum Lumpen zu werden. Ich habe damals nur an eines gedacht: Nach dem Krieg wird eine Zeit kommen, in der der Mensch ein anständiger Mensch sein kann, ohne halsbrecherische Kunststücke vollführen zu müssen. Ich gebe zu, das ist kein allzu ambitioniertes Programm, aber höher habe ich mich nie eingeschätzt, ich kenne meine Möglichkeiten. Meine Meinung, Mister Bradley, ist, daß man den Menschen keiner allzu großen Belastungsprobe aussetzen darf, weil er sie nicht besteht. Die Veranlagung zum Heldentum ist nur einer ganz geringen Minderheit eigen. Der natürliche Zustand des Menschen ist nicht das Heldentum, daher kann man auch feststellen, daß Epochen, die durch eine große Anzahl von Helden charakterisiert werden, Epochen der Barbarei und der Verwüstung sind. Das Ziel der Menschheit ist ganz sicher nicht die Hervorbringung von Helden. Der Mensch sollte eine elementare Chance haben: Er sollte gut sein können, ohne Gefahr, sich das Genick zu brechen. Das, wozu ich mich in jener Zeit aufgerafft habe, um mich nicht in diese Schweinerei hineinziehen zu lassen, war wirklich alles, wozu ich fähig war. Ich bin tatsächlich bis an die Grenzen meiner Möglichkeiten gegangen. Wenn mein Onkel, der Obersturmbannführer, sich darauf versteift hätte, mich in die SS-Polizei zu stecken, wäre ich dem Titel ‚Kriegsverbrecher' wahrscheinlich nicht entgangen. Eine andere Sache ist, daß ich heute in irgendeinem Kriegsministerium sitzen würde, wenn nicht gar in der Regierung, mit absolut ruhigem Gewissen, und ein anderer, irgendein anderer ‚sauberer' Walter Kretschmer, würde sich mit dem moralischen Kater herumbalgen, daß er einverstanden war, mich gegenüber der Welt zu repräsentieren. Worin sehe ich nun meine verlorene Chance, Mister Bradley? Darin, daß ich kein anständiger Mensch sein kann, wenn ich mich zugleich in Übereinstimmung mit dem Staat, der öffentlichen Meinung und meinem Gewissen befinde. Ich habe mich einverstanden erklärt, gegenüber der Welt ein Gebilde zu repräsentieren, das immer mehr an jenes Gebilde von vor zwanzig Jahren erinnert, denn wie lange kann man schon in der inneren Emigration bleiben?

Damals, als ihr zu uns gekommen seid, habe ich geglaubt, daß das ein Ende hat. Wir waren nichts und weniger als nichts, aber wir besaßen etwas Unschätzbares: die Chance uns zu ändern, im Verlauf einer gewissen Zeit zu einem Volk zu werden, das fähig ist, friedlich mit anderen Völkern zu leben. Zu leben auf andere Weise, als es Churchill einmal sagte: ‚Die Deutschen hat man entweder unter dem Stiefel, oder an der Kehle.' Ihr habt uns diese Chance genommen und uns die andere, die von Churchill gegeben: Wir werden wieder jemandem an die Kehle springen, was uns ja das von deutschen Politikern aller Epochen so sehr ersehnte Bündnis mit euch garantiert."

„Ihr habt offenbar diese Chance mehr gewünscht als die andere, da ihr sie ja mit solchem Eifer aufgegriffen habt."

Danach herrschte Schweigen. Erst nach längerer Zeit brach Walter diese Stille:

„Da sieht man, warum unser Gespräch zu nichts führen kann. Wir spielen uns gegenseitig den Ball der Verantwortung zu, als wären wir bei einer Tennispartie. Aber wir spielen nicht Tennis, Mister Bradley, leider nicht. Es wäre mir hundertmal lieber, wenn sich unsere Probleme auf einem Tennisplatz lösen ließen. Aber Sie haben dieses Gespräch begonnen, und da ich ein Mensch, bin, mit dem man ‚über alles reden kann', nehmen Sie die Gelegenheit wahr. Es kann sein, daß man morgen mit mir über nichts mehr reden kann. Ich will nicht sagen, daß die Deutschen in ihrer Gesamtheit eine moralische Wiedergeburt wünschen, irgendeine Idee, die mehr Läuterung verspricht als das, was ihr ihnen gegeben habt. Ich will sagen, daß die Deutschen 1945 zwei Vergangenheiten hatten: die SS-Vergangenheit und die KZ-Vergangenheit. Jawohl, die Deutschen hatten auch diese Vergangenheit, in den KZs waren Hunderttausende. Es kam darauf an, mit welcher Vergangenheit die Sieger, denn von ihnen hing ja fast alles ab, dieses Volk, damals willenloser als jemals zuvor, vermählen wollten. Sie wissen: Doktor Streit blieb allein. Warum erachten Sie es also als richtig, mich zu fragen, ob Ihr Sohn ..."

*

Zum erstenmal seit vielen Jahren erlaubte sie sich daran zu denken. Erst jetzt konnte sie es. Sie hatte inzwischen eine Fähigkeit erworben, über die nur wenige Menschen verfügen. Ein Mensch mit einer solchen Konstitution bäumt sich nicht auf, wenn er einen Alptraum hat, er will ihm nicht um jeden Preis entrinnen. Im Gegenteil, er erlaubt sich sogar ein gewisses Engagement, um die Entwicklung des Traumes zu verfolgen, in der sicheren Gewißheit, daß, wenn er es nicht mehr aushält, er jederzeit erwachen kann.

Die ganzen Jahre über, seit der Verheiratung mit Walter, lebte sie unter dem Schrecken dieses Alptraums: der Begegnung mit

Marta. Er bedrängte sie unaufhörlich: Er lauerte auf das Erlöschen der Nachttischlampe, stahl sich in ihren Schlaf, attackierte sie sogar im Wachen, wenn sie müde und ihr Wille erschlafft war. Er konnte sich jedoch nie konkretisieren. Denn sie erwachte sofort, in ihr wirkte ein unfehlbares Alarmsystem, das auf Undurchlässigkeit und Abwehr eingestellt war. Und nun, da der nie zu Ende geträumte, ja kaum erahnte Traum brutal in ihre Wirklichkeit eingebrochen war und sie mit tiefem Entsetzen festgestellt hatte, daß sie aus ihm nicht erwachen konnte, war der Steward erschienen mit den Worten: „Sie ist Engländerin." Und Lisa war frei. Sie konnte sich jetzt erlauben, diesen Traum zu Ende zu träumen, ohne Panik und ohne Quälerei. Sie konnte ruhig in die Vergangenheit schauen, denn sie konnte ja jeden Augenblick den Steward rufen, der ihr sagen würde: „Sie ist Engländerin und reist mit diesem internationalen Komitee."

Sie lächelte vor sich hin. International ... Mit welcher Besessenheit, ja fast bis an die Grenze der Lächerlichkeit, hatte Maria dieses Wort gehasst.

*

Arme Maria Mandl. „Ich würde dasselbe tun, würde ich noch einmal geboren." Ach nein, das sagte sie in ihrem Schlußwort, als Angeklagte, vor ihrem schrecklichen Tod. Damals, vor zwanzig Jahren, sagte sie zu ihr, zur Aufseherin Anneliese Franz:

„Annie, zu uns soll irgend so eine idiotische internationale Kommission kommen. Wir wollen ihr dein Kommando zeigen. Es sieht am besten aus, es ist am besten untergebracht. Man muß ihnen Gefangene unter die Nase halten, die auf eventuelle Fragen antworten werden, wie es sich gehört. Man muß irgendwelchen Ausfällen vorbeugen. Was glaubst du, ob dein Liebling ...?" Lagerführerin Maria Mandl beendete ihre Frage nicht, und sie, Aufseherin Anneliese Franz, die sich über dieses überaus große Vertrauen freute, konnte nicht sofort antworten. Denn sie wußte nicht – sie wußte damals nicht einmal, ob dieser „Liebling" noch lebte. Der Abgang ins Revier war für Lisa eine Art Befreiung. Es war paradox, aber sie fühlte sich, als wäre sie frei. Dahinter verbarg sich mehr als nur die Erleichterung über die Befreiung von der Pflicht, die sie sich selbst auferlegt hatte. Ein solches Gefühl erlebt der Soldat bei Waffenstillstand. Erst jetzt begriff sie, wie quälend das Spiel zwischen ihnen gewesen war, und als sie es begriff, beschloß sie, damit ein Ende zu machen. Es hing ja nur von ihr ab, diesen Zustand der Ruhe und Sicherheit zu verlängern, und Aufseherin Anneliese Franz war entschlossen gewesen, etwas zu tun; sie wollte Marta auf jeden Fall aus dem Kommando haben, wenn sie nicht vorher durch irgendein Wunder im Revier sterben würde. Und jetzt sagte die Oberaufseherin: „Was glaubst du, ob dein Liebling …?"

Was konnte sie darauf antworten?

„Sie ist auf dem Revier, Oberaufseherin."

„Typhus?"

„Ich weiß nicht. Sie hatte ziemlich hohes Fieber."

„Schade. Sie macht einen guten Eindruck, deine Schreiberin."

„Oberaufseherin …", Aufseherin Anneliese Franz hat sich schnell mit dem Gedanken ausgesöhnt, daß der Waffenstillstand zu Ende war, „und wenn man sie aus dem Revier in den Block verlegen würde? Natürlich, wenn es kein Typhus ist."

Die „Ober" dachte eine Weile nach:

„Was haben wir davon? Sie werden bestimmt lieber das Revier als einen einzelnen Kranken besichtigen wollen."

„Eine individuelle Pflege könnte überzeugender wirken."

Eine Zeitlang betrachtete die „Ober" sie mit Interesse.

„Das ist kein schlechter Gedanke, Annie, gar nicht schlecht. Gut. Verlege sie. Wenn es kein Typhus ist, selbstverständlich."

Es war kein Typhus, und Marta wurde in den Block verlegt und damit zugleich vor dem Tod gerettet. Und sie hat das getan, sie, die Aufseherin Anneliese Franz! Sie hat Walter die Wahrheit gesagt. Und die Umstände? Wer könnte es wagen, sie zu beschuldigen? Nur auf diese Weise konnte sie die Verlegung durchführen. Alles, was später folgte, war von ihr nicht beabsichtigt. Sie konnte doch nicht einen Augenblick lang annehmen, daß sie bei Marta auf dem Revier Tadeusz antreffen würde. In der Verknüpfung und Aufeinanderfolge der Ereignisse wirkte irgendein Automatismus, den sie nicht begriff. Sie, die Aufseherin Anneliese Franz, wollte Marta nur auf den Block verlegen, um sie dieser Kommission zu zeigen, und alles, was später geschah, ergab sich aus etwas anderem. Daraus, daß er dort war.

Sie erblickte ihn an ihrem Bett, als sie unmittelbar nach dem Gespräch mit der Oberaufseherin ins Revier kam. Wo war sein

Instinkt, der Instinkt eines alten Häftlings? Marta konnte sie nicht sehen, sie lag mit abgewandtem Gesicht da, aber er? Sie stand ihm doch gegenüber und schaute genau auf ihn. Er aber hatte wahrscheinlich vergessen, wo er sich befand. Über Martas Gesicht gebeugt, sprach er zu ihr und lächelte. Dieses Lächeln barg eine sonderbare Zärtlichkeit, ernst, fast väterlich, daß sich der Aufseherin Anneliese Franz das Herz zusammenzog. Eine Frau, die niemand auf diese Weise anschaut, ist zweitrangig ihr Leben lang. Sie dachte dies, und sie empfand nicht einmal Scham, daß sie es dachte. Liebe war für sie niemals eine Sache der Physiologie gewesen, und doch hatte sie keine andere kennengelernt. Indem sie jetzt auf die andere schaute, die so armselig war, beraubt sogar des Schattens einer Hoffnung auf den morgigen Tag, denn jeder Morgen konnte das Ende bedeuten – beneidete sie sie. Aber er …? Wie konnte er eines Lächelns fähig sein mit jenem Gedanken: Die Liebe verbindet mit dem Leben, hier aber muß man auf den Tod gefaßt sein! Ob er, über sie gebeugt, ihr gerade dieses sagte? Wenn es so ist, warum ist er dann hierher gekommen? Aber natürlich! Er verschmähte nur ihre Vermittlung, die Vermittlung der Aufseherin Franz, er schlug ihr das Instrument aus der Hand, mit dem sie auf Marta einwirken konnte, weil er ihr Spiel durchschaut hatte. Und … wenn sie Taube rufen würde? Würde er es wirklich nicht ertragen, wenn Taube Marta schlagen würde?

Sie ging in die vom Block abgeteilte Stube.

„Bitte rufen Sie den Häftling, der im Block ist."

Er zeigte kein Erschrecken bei ihrem Anblick.

„Und was nun?" fragte sie.

Er schwieg. Er wehrte sich mit dieser Waffe, mit der Waffe der Gemeinen, obwohl er sich für einen Offizier hielt.

„Sie wissen, welche Konsequenzen Ihre Handlungsweise nach sich zieht?"

„Jawohl, Frau Aufseherin", antwortete er.

„Haben Sie nichts zu erklären?"

„Nein, Frau Aufseherin."

„Besinnen Sie sich. Schweigen ist nicht immer Gold."

„Es gibt nichts", sagte er endlich, „was mich vor Ihnen rechtfertigen würde. Und … vor der Lagerordnung."

„Und im Lichte Ihrer eigenen Ordnung?"

„Frau Aufseherin …" Sie sah, daß er sich zum Sprechen zwang, und fühlte eine Art Befriedigung. „Als Sie hierher gingen, mußten Sie die Leichenhaufen bei den Blöcken gesehen haben. Ratten tummeln sich darauf. Morgen könnte sie auf einem dieser Haufen liegen … Und ich hätte sie dann nicht mehr", fügte er nach einer Weile hinzu, „mit langen Haaren gesehen".

Sie tat so, als würde sie die Anspielung nicht bemerken, obwohl sie von ihrer Grausamkeit erschüttert war.

„Soll das bedeuten, daß Sie nicht die Absicht haben, sie zu besuchen, wenn sie gesund wird?"

„Jawohl, genau das bedeutet es."

„Sie können gehen", sagte sie.

„Darf ich …, könnte ich noch Marta beruhigen, daß …"

„Das mache ich selbst. Aber wenn ich Sie noch einmal hier treffe, werde ich annehmen, daß Sie versucht haben mich zu betrügen. Und ich werde entsprechend handeln, ohne Rücksicht auf Marta."

Er setzte die Mütze auf und ging. Durch das Fenster der Stube sah sie, wie er noch einmal in das Innere der Baracke schaute. Sie ging zu Martas Bett.

„Morgen wirst du in den Block verlegt", sagte sie freundlich. „Damit du dich hier nicht noch mit Fleckfieber ansteckst."

Marta zuckte nicht einmal mit den Wimpern. In den Augen hatte sie einen wilden Ausdruck.

„Na, und …, dankst du mir nicht für meine Fürsorge?"

„Danke, Frau Aufseherin", antwortete sie, aber ihre Augen änderten den Ausdruck nicht.

Lisa teilte ihr trocken mit:

„Kein Grund zur Verzweiflung. Tadeusz ist in Frieden gegangen. Diesmal"

„Diesmal?" in Martas Augen war ein Flehen, zum erstenmal, seit sie sie kannte, und Aufseherin Franz lächelte kühl:

„Ich schreibe keine Meldung, wenn … Nun ja, es hängt ganz von Ihnen ab, daß ich davon keinen Gebrauch mache."

Der nächste Tag zeigte, daß Marta dies ausgezeichnet verstanden hatte.

Jene „idiotische Kommission" kam tatsächlich. Irgendwelche Schweden, Schweizer, solche, die sich berufsmäßig mit Neutralität und Humanismus beschäftigen. Mein Gott, wie sie sie anschauten, diese dahergelaufenen Fremden! Wie man Menschenfresser ansieht. Aufseherin Anneliese Franz war außer sich vor Empörung. Es verließ sie nicht das Gefühl, daß man sie empfindlich beleidigte. Mit welchem Recht? Was wissen sie von uns? Sie empfand heißes Mitgefühl für Marie, der die Pflicht aufgebürdet wurde, die Kommission herumzuführen. Sie bewunderte ihr kaltes Blut und ihre Beherrschung, als die Besucher ihre unverschämten Fragen stellten.

Es kam alles so, wie es selbst bei der besten Regie nicht hätte besser ablaufen können. Es war nichts arrangiert worden, zumindest nicht bis in die kleinsten Einzelheiten hinein. Der Zufall vollendete das Werk und gab ihm eine vollkommene Gestalt. Lisa hatte für Marta im SS-Krankenhaus Medizin beschafft. Sie hatte auch die Chefärztin des Lagerkrankenhauses gerufen. Sie standen gerade an Martas Bett, berufsmäßig ernst, die Ärztin, auch Häftling, und sie, die Aufseherin Franz, über die seit dieser Zeit die Legende die Runde machen sollte, sie wäre der personifizierte Edelmut. Da fiel das Kommando „Achtung", die Kommission betrat den Block. Die Herren stürzten sich auf die Kranke wie auf eine Beute, bisher hatten sie hier keine Kranken gesehen. Sie besichtigten die Medikamente und wechselten Blicke.

„Was ist das für ein Fall?" fragte der eine mit dem Pferdegesicht die Ärztin.

„Lungenentzündung."

„Wie lange liegt die Kranke schon?"

„Seit einer Woche."

„Und seit wann bekommt sie Medikamente?"

„Seit heute."

„Warum so spät", empörte sich der zweite.

„In der Krankenhausapotheke sind die Medikamente ausgegangen", antwortete ruhig die Ärztin. Und Marie fügte kühl hinzu:

„Sie müssen wissen, meine Herren …, es ist Krieg. Selbst unsere Soldaten an der Front bekommen nicht immer Medikamente."

Die Herren von der Kommission wechselten wieder einen Blick. Dann wandte sich der eine an Marta.

„Wie lange sind Sie im Lager?"

„Seit anderthalb Jahren."

„Ist das … Ihre erste Krankheit hier?"

Sie schien zu überlegen, bevor sie antwortete: „Ja."

97

„Die ganzen anderthalb Jahre lang", wiederholte er sehr erstaunt, „waren Sie kein einziges Mal krank? Keine Erkältung, keinen Schnupfen, keine Grippe?"

Und da hob Marta die Augen.

Es fiel kein Wort, aber sie sprach ja! Warum hat das niemand gehört? Warum unterbrach die Oberaufseherin sie nicht, warum führte sie die Kommission nicht weiter? Sie sprach doch! Soviel Hohn, soviel unverhohlener Spott lag in ihrem Blick, daß dieser Herr endlich begriff. Leicht errötend ließ er seinen Blick schweifen: von Marie und dem Lagerkommandanten zu ihr, zu Lisa.

„Welche Art Arbeit führt diese Gefangene aus?"

„Sie ist Angestellte in meinem Kommando", antwortete Lisa zuvorkommend. „Sie führt die Kontrollbücher im Depositenmagazin."

Da sagte der mit dem Pferdegesicht:

„Ist diese Arbeit nicht ermüdend?"

Und wieder dieser Blick von Marta. Nein! Das durfte man ihr nicht erlauben! Lisa beeilte sich zu intervenieren.

„Wie jede Büroarbeit. Nicht wahr, Marta?"

Marta wiederholte mechanisch:

„Wie jede Büroarbeit ..."

Das Mitglied der internationalen Kommission wußte nicht mehr, wo es einhaken sollte:

„Und ... Post von zu Hause bekommen Sie ... regelmäßig?"

„Ja", antwortete sie, „bekomme ich regelmäßig."

„Und ... kann die Familie den Häftling besuchen?"

Da ergriff die „Ober" das Wort.

„Kennen die Herren einen Staat, wo das praktiziert wird?" fragte sie kalt „Das sind politische Häftlinge."

„Es genügt ...", welcher Teufel hat Lisa geritten, der „Ober" ins Wort zu fallen, und das noch dazu so leichtsinnig. Woher konnte sie wissen, was sich daraus ergab? „... es genügt", fuhr sie fort, „daß sich in gewissen Fällen Häftlinge, die verwandt sind, besuchen."

„In welchen Fällen denn?" Die Kommission zeigte großes Interesse.

„Zum Beispiel im Krankheitsfall", erwiderte sie unter dem erstaunten Blick der „Ober".

„Ja? War das bei Ihnen vielleicht auch der Fall?" fragte das „Pferd".

Marta wurde blaß. Ihr Blick, der die Augen der anderen suchte, hing für einen Moment an Lisas Gesicht, und Lisa erschrak: Sie wird widersprechen – und nicht nur das. Sie wird sagen, wie es wirklich war. Lisa mußte sofort handeln.

„Natürlich. Diese Gefangene hat hier ihren Verlobten. Auch ein politischer Häftling. Er hat sie gestern besucht."

Jetzt schauten alle auf Marta: der Kommandant, die „Ober" und die Mitglieder der Kommission. Aber sie schwieg. Ihre immer stärker werdende Blässe konnte ihnen wohl nicht entgehen. Man mußte das so schnell wie möglich entscheiden, bevor sie sich faßt, bevor sie sich zu irgendetwas entschließt.

„Nun, Marta, dein Tadeusz hat dich gestern besucht, nicht wahr?" fragte sie mit einem Anflug gutmütiger Spöttelei.

In die Stille, die danach eintrat, fiel Martas halbblaues Jawohl.

Zum Lagertor führte der Lagerkommandant sie allein. Die Lagerführerin blieb:

„Mädchen!" Sie lachte schallend. „Das war ein Meisterstück! Deine Beförderung ist perfekt! Und deine Schreiberin ... na, na ... ‚Bevorzugter Häftling', das kommt ihr zu, unbedingt. Mach endlich Schluß mit deiner unnötigen Probezeit und geh nach Mühlhausen."

„Werde ich Marta mitnehmen können?" fragte sie zu ihrem eigenen Erstaunen. „Ich glaube, da gibt es einen Präzedenzfall."

Die „Ober" klopfte ihr auf die Schulter.

„Klar. Du hast unsere Grundsätze ausgezeichnet begriffen: Man muß sie mit ihrer Hilfe beherrschen."

Hatte sie gerade das im Sinn, als sie der Oberaufseherin diese Bitte vortrug, die für sie selbst eine Überraschung war? Nein, eine solche Interpretation wäre, obwohl die heutige Analyse ihres Verhaltens gerade das suggerieren könnte, allzu schematisch, um der Wahrheit zu entsprechen. In dem Augenblick, als sie die Worte aussprach „könnte ich Marta mitnehmen", hatte sie ganz bestimmt nicht daran gedacht. Wenn eine Art Denken in Bildern existiert, dann war ihr Gedanke in diesem Bild: Tadeusz, über Martas Gesicht gebeugt. Dabei ging es ihr nicht darum, sie zu trennen, wie ein naiver Betrachter glauben könnte. Sie waren hinreichend getrennt, mehr, als es die Lagerordnung vorsah, sie waren getrennt, weil sie, die Aufseherin, von ihnen wußte. Sie selbst hatten es so gewollt. Denn nach dieser Geschichte mit der

Kommission mußte auch Marta nun wissen, daß dies hier kein Ort für die Liebe war, so wie sie, die Aufseherin Anneliese Franz, wußte, daß dies die letzte Partie war, die sie in diesem unsinnigen Ringen mit der anderen gewinnen konnte. Warum wollte sie also Marta mit sich schleppen, wenn sie noch vor zwei Tagen entschlossen war, sich von ihr zu befreien? Sie konnte darauf keine Antwort geben, sie war sich ihrer Beweggründe nicht allzu bewußt, damals, und auch heute …

Ja, … man konnte jeden Augenblick den Steward rufen oder sich zumindest der Worte „Sie ist eine Engländerin" erinnern. Träumen wir also diesen Traum zu Ende, ohne Furcht, daß wir nicht erwachen können, betrachten wir in aller Ruhe diese junge Idealistin von vor zwanzig Jahren, die versuchte, ihr Handeln im KZ auf das Prinzip individueller Siege aufzubauen. Und Lisa, die heutige, sieht in der unverständlichen Entscheidung der anderen Lisa das Eingeständnis der Niederlage, die Kompromittierung dieses Prinzips. Diese Kompromittierung begann bedeutend früher. Schon damals, als sie sich in die, vom Gesichtspunkt ihrer Prinzipien aus gesehen, schmutzige Methode flüchtete, die Liebe der anderen zu gewinnen, um Zugeständnisse von zweifelhaftem Wert zu erlangen. Die nächsthöhere Stufe war die Erpressung und die letzte – der Terror. Denn die Entscheidung, Marta, die sie ja nicht mehr brauchte, mitzunehmen, war nichts anderes als ein bloßer Terrorakt. Im Verhältnis zwischen ihnen war für nichts mehr Platz. Übrigens konnte zwischen ihnen niemals für irgend etwas anderes als Terror Platz sein. Ihre Theorie der individuellen Siege war eine krankhafte Erscheinung, und der allergewöhnlichste SS-Mann konnte ihr ohne Schwierigkeiten diese Diagnose stellen. Sie mußte aber auch das durchmachen, um eine Erkenntnis zu gewinnen, die die anderen seit ihrem ersten Schritt hier besaßen, die Erkenntnis, daß Terror die einzige Methode war. Aber sie war nie ein guter SS-Mann. Selbst dann, als sie diese Erkenntnis bereits besaß, scheute sie vor ihrer letzten Konsequenz zurück. Es zeigte sich, daß der Wille allein, selbst wenn er sich auf den Glauben an den Führer stützte, nicht genügte. Man mußte sich noch dazu überwinden, entschieden die Grenze dessen zu überschreiten, was jene sentimentalen Tölpel, die Humanisten, menschlich nannten. Aber sie brachte das nicht fertig. Das Sortieren der von den Ermordeten hinterlassenen Sachen, worüber sie in ihrem Kommando wachte, war noch nicht das Sortieren von …

Eine aufdringliche Alarmklingel in ihrem Gehirn befahl ihr aufzuwachen. „Sie ist Engländerin", sagte sie laut, „ist Engländerin und weiß gar nichts." Gar nichts. Jeder Passagier hätte dort sitzen können, in dieser dunklen Halle, und das Licht einschalten können, als sie vor dem Spiegel stand. Und jeder konnte sich dieses idiotische Lied wünschen, das sie so erschreckt hat, aus extrem anderen Beweggründen als den Beweggründen jener Frau. Denn, würde man Untersuchungen auf diesem Gebiet durchführen, würde sich zeigen – zum Entsetzen der Theoretiker, die davon sprechen, daß die Musik allein rein ästhetische Empfindung hervorrufe – wie weitgehend die Perzeption von Musik durch die Intervention fremder Elemente außermusikalischer Natur verseucht ist. Wäre es zum Beispiel denkbar, daß Marta, wenn sie den „Tannhäuser" hört – natürlich nur wenn sie lebt oder wenn sie so weit abgestorben ist, daß sie ihn zu hören imstande ist – von jenem Bild befreit ist, das Lisa seit zehn Jahren, von dem Augenblick an, als sie die glückliche Frau Kretschmers wurde, unausbleiblich in den Konzertsälen heimsucht? Ein Symphonie-Orchester in blauweiß gestreiften Anzügen, rasierte Schädel …

Ja. Sie hatte veranlaßt, daß Marta zum Konzert ins Männerlager gehen mußte. Sie verwirklichte auf diese Weise das seit kurzem entdeckte, einzig mögliche Programm: das Programm des Terrors. Die Aufseherin Anneliese Franz wußte, daß die andere dort nicht hingehen wollte. Das war ja ein Privileg, vorbehalten den Funktionshäftlingen, und gegen die Identifizierung mit diesen Häftlingen hat sich Marta doch so gewehrt. Hatte sie nicht einmal aus Anlaß eines Konzerts vor der Blockführerstube gesagt: „Das ist kein Platz für Musik."? Dennoch befand sie sich hier, zusammen mit Lisa, in diesem in seiner Art einzigartigen Konzertsaal.

Es war ausgezeichnet, dieses symphonische Orchester im Männerlager. Man mußte es diesen Herrschaften von der Kommission vorführen, diesen kosmopolitischen Spezialisten für Humanität. Bestimmt hatten sie in Stockholm oder in Zürich kein besseres. Wie sie Wagner spielen konnten, diese Polen! Nicht schlechter als das doch so berühmte Münchner Orchester, das sie das letztemal zusammen mit Heinrich besucht hatte. Nun kam von Heinrich seit einigen Monaten kein Lebenszeichen mehr. Nein, sie litt nicht. Heinrich war eine große Enttäuschung, und vielleicht waren sie schon einander entfremdet gewesen, bevor er an die Front ging. Wenn sie ihm von Zeit zu Zeit einen Gedanken widmete, tat sie es mehr aus dem Gefühl der Verpflichtung gegenüber einem, sei es wie es sei, Soldaten des Reiches, der für das Vaterland kämpfte, wobei es schließlich unwichtig war, ob er es mit ganzem Herzen tat. Und auch jetzt hinterließ die flüchtige Erinnerung kaum eine Spur in ihrem Gedächtnis. Der Gewittersturm mächtiger Klänge fiel auf sie nieder, und sie vergaß alles übrige. Sie vergaß, daß Krieg war, daß neben ihr statt elegant gekleideter Konzertbesucher Menschen in grünlichen Uniformen saßen und entgegen den guten Sitten auf ihren Knien Mützen knautschten, sie vergaß, daß sie der Kopf schmerzte von dem Gestank verbrannten Fleisches, daß irgendwo die nächsten Züge mit diesem Fleisch dahinjagten, daß ... dies „kein Platz für Musik ist". Sie vergaß die Schreiberin, die sie hierher gebracht hatte, damit sie in der Musik Wagners noch eine weitere Variante der Macht des deutschen Geistes erblickte, und die steif und scheinbar ruhig irgendwo hinten saß, in der Gruppe der „Prominenten". Lisa bedeckte ihre Augen mit der Hand, wie es gewöhnlich leidenschaftliche Musikliebhaber tun, und verlor den Kontakt mit der Wirklichkeit. Sie gewann ihn erst wieder, als sie unbedachterweise den Kopf hob, um den Dirigenten zu sehen. Er war in Häftlingskleidung. Das ganze Orchester war in Häftlingskleidung. Sie wandte sich vom Podium weg, denn plötzlich hatte sie den unbezwingbaren Wunsch, Marta zu sehen, ihr Gesicht, ihre Reaktion. Sie suchte eine Weile ohne Erfolg. Da bemerkte sie überraschend Tadeusz. Er stand an die Wand gelehnt in einer Ecke des Saales und schaute zur anderen Seite hinüber. Seinem Blick folgend, fand sie Marta. Sie saß nach vorn gebeugt, als ob sie sich ihm entgegenneigen würde, mit ruhigem Gesicht, ruhig wie eine Maske. Aufseherin Franz lächelte verächtlich. Er war wohl zufrieden, dieser „unbeugsame Ritter", daß diese Gans die, wie sie sicher meinte, erhabene, im Grunde aber feige Konzeption des Modus vivendi so leicht auf sich genommen hatte.

Diesmal spürte er, daß er beobachtet wurde. Es irritierte ihn nicht, er wandte nicht einmal den Kopf ab. Längere Zeit schaute er Lisa frech in die Augen, fast zynisch. Ob ... auch er bereits ihre Gedanken lesen konnte? Mit einer Handbewegung hieß sie ihn hinausgehen. Er ging sofort. Nach einer Weile suchte sie wieder Marta. Und wie vorher fand sie durch seinen Blick zu ihr. Jetzt ... stand er in einer Gruppe von Häftlingen hinter dem Fenster und schaute hinein. Die Scheibe trübte sich immer wieder von seinem Atem, der zu Wasser wurde und in kleinen Bächen nach unten floß. Die beiden verharrten bewegungslos, zwei tote Gesichter, in denen nur die Augen lebten, fest miteinander verbunden durch ihren Blick. Ein Ton, der allen bekannt war, riß sie auseinander. Der Pfiff der Lokomotive an der Rampe. Einige SS-Leute sprangen auf, unter ihnen der Lagerkommandant Höß. Beim Hinausgehen beruhigte er mit einer Geste die anderen: Laßt euch nicht stören. Im Bad, diesem eigenartigen Konzertsaal, herrschte wieder Ruhe. „Tannhäuser" triumphierte.

*

Ein Lichtstreifen fiel in die Kabine, und Lisa erwachte aus ihrem Halbschlaf. Sie erblickte Walter und wollte ihn etwas fragen, aber sie konnte kein Wort hervorbringen. Wie merkwürdig er sich benahm. Mit größter Vorsicht schloß er die Tür und ging auf Zehenspitzen in den anderen Raum. Sie hörte, wie er sich auszog und hinlegte. Sie wartete, daß er sich eine Zigarette ansteckte, wie immer vor dem Einschlafen, es schien ihr sogar, daß sie das charakteristische Klopfen auf der Schachtel hörte, aber sie sah das Aufblitzen des Feuerzeugs nicht. Sie lauschte, wartete auf das banale „Gute Nacht". Aber dort war Stille, eine unnatürliche Stille, als ob jemand lauernd verharrte. Plötzlich erschreckte sie der Gedanke, daß er einschlafen könnte, und sie rief: „Walter!" Und noch einmal, etwas lauter: „Walter!" Aber Walter schlief schon, oder – wollte er ihr nicht antworten? Panische Angst überfiel sie, und immer wieder flüsterte sie vor sich hin: „Sie ist Engländerin, sie ist doch Engländerin." Aber das wirkte nun nicht. Sie knipste mit zittriger Hand die Bettlampe an und durchsuchte die Schublade des Nachttisches. Sie nahm eine Tablette heraus, dann eine zweite und nach kurzem Überlegen noch eine. Sie schluckte sie mit kaltem Tee hinunter und verzog dabei das Gesicht.

*

Sie wurde durch das hartnäckige Klingeln des Telefons geweckt. Es war taghell, und durch die heruntergelassenen Rollos sickerte Sonnenlicht. Walter war nicht in der Kabine. Sie hob den Hörer ab.

„Darf ich das Frühstück bringen?" fragte die Stimme im Hörer.

„Ihr Herr Gemahl hat mich beauftragt ..."

Sie schaute auf die Uhr. Es war fast elf.

„Bitte", sagte sie, „in fünfzehn Minuten."

Als sie sich aus dem Bett erhob, schwankte sie. Ihr Kopf war schwer. Sie zog sich mit Mühe an. Ihre Stirn bedeckte sich immer wieder mit Schweiß. Sie saß noch vor dem Spiegel, als der Steward das Frühstück brachte. Sie trank eine Tasse Kaffee und versuchte etwas zu essen, da trat Walter ein. Er war im Pullover, in der Hand hielt er einen Tennisschläger.

„Du hast lange geschlafen", sagte er. Er begrüßte sie nicht wie sonst. Sie sagte:

„Guten Tag, Walter."

„Guten Tag ..."

Ihre Blicke begegneten sich und wichen sofort einander aus.

„Hast du gefrühstückt?"

„Ja."

„Fühlst du dich besser?"

„Wie du siehst."

„Du bist schrecklich blaß."

„Das ist nichts. Es geht vorbei."

„Natürlich. Man darf sich nur nicht gehenlassen."

Er betrachtete sie eine Weile wortlos. Sie protestierte: „Ich bitte dich! Ich bin doch keine Mikrobe unterm Mikroskop, was soll das bedeuten ...?"

„Beruhige dich. Das hat nichts zu bedeuten. Ich habe nur versucht ..., ich bemühe mich nur, dich in Uniform zu sehen. Eigentlich weiß ich gar nicht, wie so eine Uniform für Frauen ausgesehen hat. Hast du nicht zufällig eine Fotografie?"

„Eine Fotografie?"

„Richtig, was für eine dumme Idee ..."

„Walter ..."

Er ging zum Nachttischchen und nahm die Tablettenschachtel in die Hand. Er betrachtete sie eine Weile.

„Du hast ein Schlafmittel genommen?"

„Ja."

„Bisher hast du das nicht getan."

„Bisher hattest du die Gewohnheit, ‚Gute Nacht‘ zu sagen, wenn du ins Bett gingst, und ‚Guten Morgen‘, wenn du aufgestanden bist." Ihre Stimme zitterte unwillkürlich.

Er hörte dieses Zittern und hatte Mitleid mit ihr.

„Ich wollte dich nicht wecken."

„Das stimmt nicht. Ich habe nicht geschlafen. Und du wußtest, daß ich nicht schlafe. Und daß ich warte …"

„Lisa, wir müssen darüber sprechen."

„Das war unmenschlich, sich so zu benehmen, nachdem ich dir alles gesagt habe! Du hast mein Vertrauen mißbraucht!"

„Lisa, ich bitte dich, versuch deine Nerven zu beherrschen! Und mach mir keine Vorwürfe. Schließlich ist das …"

„Ein Wort konntest du doch sagen. Abgesehen von allem …"

„Es mag sein …", stimmte er ihr nach einer Weile zu, „aber ich konnte es nicht sagen, verstehst du?!" Er hob die Stimme. „Eben dieses Wort konnte ich nicht sagen!"

Sie schaute ihn an. Er hatte geschwollene Lider und blutunterlaufene Augäpfel.

„Hast du getrunken …? Hast du deshalb getrunken?"

„Das ist unwichtig. Obwohl …, ich will es nicht leugnen. Ich fühle mich zerschlagen. Genau das. Zerschlagen. Und daran ändert auch nichts die Tatsache, daß ich den Mechanismus von alledem verstehe. Du hast kein Recht, mich deswegen zu beschuldigen, daß ich nicht sofort zur Tagesordnung übergehen kann."

„Walter …, ich beschuldige dich ja nicht. Aber auch du … Du weißt doch alles. Du weißt …, daß nichts dergleichen, was …"

„Ich weiß, ich weiß! Aber allein die Tatsache deines Dienstes dort genügt. Das KZ, das, womit wir uns in der Geschichte dauerhafter verewigt haben als durch sonst etwas anderes. Ich habe dich gestern beobachtet. Ich selbst bin immer sauber aus dieser Schweinerei herausgekommen, und es ist kein angenehmer Gedanke für mich, daß meine Frau fünfzehn Jahre nach dem Krieg Angst haben muß."

„Du irrst dich! Ich bin nicht nach dem Krieg aus Deutschland geflohen wie … die Mehrzahl jener, die … schmutzige Hände hatten. Weil ich eben keine Angst hatte! Ich hatte nichts zu befürchten! Ich habe niemals einen Häftling geschlagen ... noch ... Meine Hände sind sauber."

Er schaute sie eine Weile gespannt an. „Ich glaube dir. Ich glaube ja daran, Lisa. Ich muß daran glauben. Denn wenn ich es nicht glauben würde, dann ..."

Es trat in der Kabine eine so große Stille ein, daß sie ihren Atem hörten.

„Was nun?" flüsterte sie.

„Zum Teufel!" rief er zornig. „Es ist nach dieser ganzen Schweinerei nicht angenehm, ein Deutscher zu sein. Es ist schwer, mit irgendjemandem ein normales Gespräch zu führen. Wenn man das Unglück hat, in meinem Alter zu sein, erscheint in den Augen des Gesprächspartners sofort die Frage: Interessant ..., wo du ‚damals' wohl warst? Wen hast du gemordet? – Man müßte auf der Brust eine Tafel tragen: ‚Ich war weder in der Gestapo noch in der SS, noch in der SA, noch in der Partei.' Aber das ist ja unmöglich. Also muß man es sagen. Man muß immer von vorn beginnen. Man muß reden, reden, reden, und man darf sich nicht erlauben, zornig zu werden, darf sich das natürliche Gefühl des Beleidigtseins nicht erlauben, wenn der andere dich mit einem Gesicht anschaut, als wollte er sagen: ‚Wie sauber sie alle sind, wie unschuldig! Wäre doch interessant, zu wissen, wo die sind, die ...' Das quält, Lisa. Die richtige Beurteilung der Geschichte eines bestimmten Zeitabschnitts wurde auf einen Streit über die Grammatik reduziert. Man kann von der Tragödie der Generation des zweiten Weltkrieges nicht ungestraft sagen, daß diese Generation in den blutigen Dienst eines Mythomanen eingespannt wurde, denn gleich findet sich irgendein Bradley, der wie ein pedantischer Linguist den Gebrauch des Passivs angreift und höflich korrigiert: ‚sich eingespannt hat'."

„Warst du gestern mit Bradley zusammen?"

Er nickte.

„Du hättest mit ihm nicht darüber reden sollen."

Das klang so nüchtern, so unangebracht sachlich, daß er sie eine Weile anschaute, als würde er nichts begreifen. Plötzlich fiel die Erregung von ihm ab.

„Darum geht es nicht", sagte er müde. „Es ist vielmehr so, daß ... dieser ganze ... grammatikalische Streit um die aktive oder passive Form ein ... Streit um dich war."

„Ich danke dir. Aber er weiß das doch nicht?"

„Nein. Noch weiß er es nicht."

„Es gibt keinen Grund, daß er es erfahren sollte."

Wieder schaute er sie an.

„Nein. So einen Grund gibt es nicht, Lisa."

Er setzte sich auf die Koje und stützte die Ellenbogen auf die Knie.

„Wenn ich doch so fühlen könnte, wie ich denke", sagte er mehr zu sich selbst als zu ihr, „wenn ich diesen Fleck auch in meinem Fühlen von dir abwaschen könnte. Mir fehlt es ja nicht an Phantasie. Ich sehe das alles wie auf der flachen Hand. Ich denke daran, wie du dich in diesen wenigen Monaten quälen mußtest."

„Ich danke dir, Walter."

„Und trotzdem …, dieser Schatten bleibt. Und er läßt sich wohl nicht mehr entfernen. Ich muß mich an ihn gewöhnen … Versteh das …"

„Ich verstehe … Ich möchte es verstehen."

Er hob den Kopf.

„Das ist nicht einfach, Lisa, und … wir werden uns eine Zeitlang unbehaglich fühlen. Wir müssen daran arbeiten, um da irgendwie durchzukommen, ohne … einander zu verlieren. Das wäre Unsinn. Ja. Mir scheint, daß das jetzt bereits Unsinn wäre."

Die Anspannung der letzten zehn, zwölf Stunden hatte Lisa zermürbt. Sie begann zu weinen.

„Du bist so gut, Walter, so großmütig. Und ich dachte, gestern, als du in dein Zimmer gingst …, so ohne ein Wort …"

„Du glaubtest, ich würde dich verlassen?"

Dieser Gedanke rührte ihn. Er ging zu ihr und hob sie aus dem Sessel.

„Schau mich an, Lisa. Ich kenne dich, wie du wirklich bist. Das andere, das war der Krieg. Er ist vor sechzehn Jahren zu Ende gegangen. Wir haben das Recht, uns von ihm loszumachen. Entschieden und für immer."

„Ja, Walter."

„Wir fahren für lange Zeit weg. Das wird uns helfen."

„Ja …"

„Du hast mir alles gestanden, ich weiß alles, und wir werden uns bemühen, nicht darauf zurückzukommen. Niemals. Keiner von uns. Das ist der einzig mögliche Ausweg, Lisa. Wir werden so leben, als gäbe es das nicht…"

Sie weinte leise, erleichtert. Er ließ sie weinen. Er führte sie zurück zum Sessel und ging in sein Zimmer. In der Tür wandte er sich noch einmal um.

„Hm ... Und diese Person, die dir zu so unrechter Zeit die bösen Zeiten in Erinnerung gerufen hat, ist, wenn dich das noch interessiert, Engländerin, Funktionärin irgend so eines britischen Friedenskomitees."

„Hast du mit ihr gesprochen?"

„Nein. Sie wechselte in meiner Gegenwart einige Worte mit dem Kapitän. Sie spricht einen reinen schottischen Akzent. Und kein Wort deutsch."

*

Der Ball war sehr schön. Das Orchester spielte ausgezeichnet. Unter dem Publikum war niemand unter dreißig Jahren. Daher wurde selten und mehr zum Beweis des allseitigen Repertoires einer dieser modernen Tänze gespielt. Den Ball beherrschten dagegen, wie vor zwanzig Jahren, English Waltz, Tango und Slowfox. Walter saß an einem Tischchen und lächelte vor sich hin. Lisa tanzte schon zum zweitenmal mit dem Kapitän, der auch mit ihr den Ball eröffnet hatte. Sie war ausgelassen und sprach sehr lebhaft. Walter wunderte sich. Unmittelbar nach solchen Erschütterungen ... Er suchte sie mit den Augen, als er Bradleys Stimme hörte:

„Sieh da, hat man Ihnen die Frau entführt?"

„Eben. Und ich darf kein Wort sagen. ‚Der Erste nach Gott'."

„Was, wieder der Kapitän?" Bradley lachte glucksend. Er war angeheitert und wie immer in Lisas Gegenwart weit davon entfernt, deutsche Sünden erörtern zu wollen. „An Ihrer Stelle würde ich aufpassen."

Walter ging auf seinen Ton ein.

„Warum? Das gehört doch auch zu seinen Pflichten, nett zu den Passagieren zu sein."

„Er ist nett zu den Passagierinnen. Darauf möchte ich Sie aufmerksam machen."

„Nun ..., uns, Ihnen und mir, liegt wohl nicht sehr an seiner Verehrung?"

Sie lachten beide.

„Sie haben eine schöne Frau", Bradley folgte dem tanzenden Paar mit den Augen. „In Brasilien könnten Sie vielleicht Sorgen haben."

Walter lachte nur.

„Sind Sie lange verheiratet?"

„Über zehn Jahre."

„Und nie Angst gehabt?"

Walter verzog das Gesicht.

„Entschuldigen Sie." Bradley nahm sich zusammen. „Man muß ein Idiot sein, um so eine Frage zu stellen."

Oder ein Yankee, ein betrunkener Yankee, dachte Walter und sagte:

„Unsinn. Ich bin doch ein Mensch, mit dem man ‚über alles reden kann'."

Diese Wendung ins Scherzhafte, genau im rechten Moment, stimmte Bradley milde.

„Zum Teufel! Ich weiß nicht, ob Sie es wirklich sind …"

„Sie wissen es nicht?"

„Nein, ich bin immer noch nicht sicher, obwohl ich Sie in zwei Sitzungen bis aufs Blut gepeinigt habe, aber dafür weiß ich, daß Sie der Deutsche sind, den ich am besten ertragen kann. Besser noch als Streit."

„Glauben Sie?"

„Streit ist sehr ernst. Er kann fast gar nicht lachen, und wenn er mal lacht, dann wird man traurig. Schon gar nicht davon zu reden, daß er keine so schöne Frau hat wie Sie. Aber ich glaube, es ist wohl verteufelt unbequem, ein Mensch zu sein, mit dem man ‚über alles reden kann'. Sagen Sie selbst: Immer wird man belästigt von solchen Kerlen wie mir, redselig, naseweis. Ihre Frau zum Beispiel hat diese Sorgen nicht."

„Sind Sie da sicher?"

„In ihrer Gegenwart muß so einer wie ich still sitzen. Sie besitzt nicht dieses ermutigende Etikett. Mit ihr kann man nicht über alles reden."

„Sie liebt diese Themen nicht, die Sie unter der Formel ‚über alles' verstecken."

„Das ist völlig verständlich, Herr Kretschmer."

„Ja?" Walter begann unwillkürlich aufmerksamer auf Bradleys Stimme zu hören.

„Sie wundern sich?"

„Ein wenig. Im allgemeinen halten Sie es nicht für verständlich. Ganz im Gegenteil."

„Keine Regel ohne Ausnahme."

„Gewiß."

„Und Ausnahmen heben eine Regel nicht auf."

„Richtig, alles sehr richtig."

„Und interessiert es Sie nicht, warum ich diese Ausnahme gerade bei Ihrer Frau mache?"

Walter hatte allmählich genug.

„Nein. Sicher haben Sie irgendwelche persönlichen Gründe."

„Natürlich. Versteht sich, daß ich sie habe. Ich weiß von Ihrer Frau mehr als Sie denken. Ich weiß ..." Er brach ab, und Walter stellte nicht ohne Verwunderung fest, daß er alles wie durch einen Nebel sah. „Ich weiß, daß sie eine Frau von außerordentlicher Subtilität ist, ich vermute, daß sie eine schwere Kindheit hatte, wir wissen ja, wir beide, was das ist, wir sind ja selbst Kriegskinder. Man muß sie schonen und darf sie nicht nach ‚allem' fragen, sie ist zu jung dafür. Zu jung", brabbelte er und schaute Walter aus glasigen Augen an.

„Gehen wir zur Bar?" schlug Walter vor.

„Und Frau Lisa? Entschuldigen Sie, Ihre Gemahlin?"

„Sie wird uns finden. Haben Sie keine Angst. ‚Der Erste nach Gott' wird sie schon bei uns abliefern."

In diesem Augenblick hörte das Orchester auf zu spielen, und Lisa kam an den Tisch. Der Kapitän verbeugte sich und ging.

„Wenn Sie uns noch einmal so lange allein lassen, werden wir gezwungen sein, uns Gesellschaft zu suchen", drohte Bradley.

„Dagegen habe ich nichts", erwiderte sie lachend. Ihr Gesicht glühte und ihre Augen blitzten. In Walter erwachte wieder Zärtlichkeit.

„Sie erlauben es?" fragte Bradley.

„Aber natürlich."

„Danke. Dann werde ich bei der nächsten Runde meine Nachbarin zum Tanz bitten. Schließlich sage ich ihr jeden Tag ‚Guten Tag' und ‚Gute Nacht', was mich wohl in einem gewissen Grade berechtigt ... Was meinen Sie?"

Walter lachte.

„Da müssen Sie meine Frau fragen. Ich verstehe davon nichts."

Aber sogleich bedauerte er diese Worte. Lisas Gesicht, auf dem ein Lächeln eingefroren schien, erinnerte ihn an die gestrige Szene. Er wurde sich bewußt, wie unpassend dieser Scherz war. Niemand anders als Bradleys Nachbarin, die Passagierin aus Kabine 45, verursachte ja, wenn auch unwillkürlich, jenes dramatische Geständnis Lisas. Er wollte das irgendwie zurücknehmen, aber es war schon zu spät. Bradley schwatzte weiter.

„Frau Kretschmer! Wie würden Sie sich verhalten, wenn ein Mann wie ich, der Ihnen Tag für Tag ‚Guten Tag' und ‚Gute Nacht' sagt, allein der Nachbarschaft wegen, eines Abends auf einem Ball, wo sich im Grunde alle mit allen vergnügen …"

„Ich glaube nicht, daß ich das als ausreichenden Grund ansehen würde", Lisa ließ ihn nicht ausreden, und das, was sie sagte, klang so trocken, daß der angeheiterte Bradley auf der Stelle nüchtern wurde.

„Es scheint, daß mir schon wieder etwas Dummes rausgerutscht ist. Ich bitte Sie um Verzeihung, gnädige Frau, ich bitte sehr um Verzeihung. Ich habe ein wenig zuviel getrunken. Bitte mich zu entschuldigen …"

Er stand auf.

„Setzen Sie sich doch", unterbrach ihn Walter jovial, aber Bradley ließ sich nicht zurückhalten.

„Ich werde mir an der Bar etwas zum Nüchternwerden suchen. Wenn die Herrschaften Lust haben, bitte mich zu besuchen."

Er verbeugte sich und ging. Lisa sah noch, wie er im Durchgang der geheimnisvollen Passagierin begegnete. Er verneigte sich ostentativ, wobei er eine Bewegung machte, als wolle er stehen bleiben. Aber sie ging an ihm vorbei, den Gruß mit leichtem Kopfnicken erwidernd und mit einem Lächeln, bei dessen Anblick es Lisa fröstelte.

„Gieß mir etwas ein …", bat sie Walter.

„Trinkst du nicht zuviel?"

„Das glaube ich nicht."

„Es könnte dir schaden. Gestern hast du Brom eingenommen."

„Du hast recht. Also … Also was wollen wir unternehmen?"

„Siehst du … schon hast du Angst vor der Langeweile. Vielleicht ist es doch schade, daß Bradley gegangen ist?"

„Ich brauche ihn nicht."

„Ich auch nicht. Er macht dir allzu deutlich den Hof."

Sie zuckte nur mit den Achseln. Plötzlich fühlte sie entsetzliche Müdigkeit. Die sorglose Lustigkeit, die sie bisher gezeigt hatte, hatte sie allzuviel Kraft gekostet. Ständig hatte sie gegen die Unruhe gekämpft, die immer wieder in ihr auftauchte. Immer hatte sie jene Passagierin vor Augen. Sie durfte nicht hier bleiben, eigentlich hätte sie gar nicht herkommen sollen, aber Walter hatte gesagt: ‚Wir werden so leben, als hätte es das nicht gegeben', und Lisa hatte keine Wahl. Sie trank, um sich Mut zu machen, trank mehr, als sie sollte, um diesen schrecklichen Ball zu überstehen. Und die Zeit schleppte sich Sekunde für Sekunde weiter. Sie schaute auf die Uhr, aber die Zeiger brachten ihr keine Erleichterung.

„Es ist noch früh", sagte Walter. „Der Ball ist vor zwei nicht zu Ende."

„Wir müssen doch nicht bis zum Schluß bleiben ..."

„Das hängt von dir ab. Aber warum nicht? Du siehst glänzend aus. Du hast doch", er lachte, „fast den ganzen Tag geschlafen."

Er bat sie um den nächsten Tanz. Es war einer jener Schlager, bei dem die Banalität von Musik und Text miteinander wetteifert, aber die französische Sängerin verstand es, ihn so zu interpretieren, daß die Worte vom „Wunder der Liebe, das noch andauert, wenn die Jugend vergeht", ehrlich und frisch klangen. Die Tanzenden drängten sich in die Nähe des Podiums, um die Solistin besser zu hören. Und plötzlich erblickte Lisa die andere ganz nahe neben sich, so nah wie noch niemals bisher. Auch sie tanzte, und Lisa erschien das, aus welchen Gründen auch immer, seltsam. Über die Schultern des Partners ragte ihr Gesicht hervor, tot in diesem Augenblick, wie damals jenes Gesicht, das zum Fenster gewandt war, an dem kondensierter Dampf – der Atem eines Mannes – in kleinen Bächen herunterfloß. Nur die Augen lebten in diesem Gesicht, entsetzlich sprechende Augen, und diese Augen ruhten auf ihr. Lisa unternahm den verzweifelten Versuch, diesen Augen zu entkommen, und trat ein paar Schritte zurück.

„Lisa", Walter hielt sie zurück, „du verrätst eine Tendenz, beim Tanz führen, zu wollen!"

Eine Drehung, und jene verschwand für einen Augenblick, tauchte aber auf der anderen Seite sofort wieder auf. Wieder eine Drehung, und noch eine, aber es war unmöglich, dieses Gesicht aus den Augen zu verlieren. Es folgte ihnen Schritt für Schritt und ließ sie nicht los. Endlich bemerkte es auch Walter.

„Du hast wohl telepathische Fähigkeiten?"

„Wovon sprichst du?" fragte Lisa, die ihre Lippen nur mühsam bewegen konnte.

„Von dieser Frau", sagte er leise, „die dir bekannt schien. Gestern hast du sie beobachtet und heute – sie dich. Ihr seid wie Magneten …"

Lisa schaute sich um, als ob sie wirklich die Bestätigung für seine Worte suchte.

„Diese … Engländerin?"

„Genau. Hast du nicht bemerkt, daß sie dich beobachtet?"

„Nein …, ich habe nichts bemerkt."

„Vielleicht kommt mir das nur so vor."

Schweigend beendeten sie den Tanz, und Lisa schlug vor, zur Bar zu gehen.

„Willst du nicht mehr tanzen? Das ist doch erst die erste Runde."

„Doch, doch! Wir wollen nur etwas trinken."

„Gut. Nur daß wir dort Bradley begegnen."

Sie drängten sich durch die Menge der Tanzenden. Jenes andere Paar blieb auf dem Parkett. Lisa atmete auf. Ein Dreigespann junger Mädchen umringte Walter und schloß ihn unter Lachen in seinen Kreis ein. Lisa winkte ihm zu, und ohne auf ihn zu warten, ging sie zur Bar. Aber da wurde sie angesprochen: „Madame …" Es war ein Steward, derselbe, den sie damals um die Auskunft gebeten hatte.

„Wünschen Sie einen Eiskaffee?" fragte er und fügte dann schnell und leise hinzu: „Meine Auskunft war nicht ganz genau, Madame … Die Passagierin aus Kabine 45 ist britische Staatsangehörige, aber … sie ist keine Engländerin."

„Sie ist keine Engländerin?" wiederholte Lisa kaum hörbar. „Und was ist sie?"

„Wahrscheinlich eine Polin", sagte er, ihr ein Glas reichend.

„Sie liest polnische Bücher. Das Zimmermädchen hat die Bücher in der Kabine gesehen."

Lisa zuckte zusammen. Man hörte Glas klirren. Ohne auf die besorgte Frage nach ihrem Kleid zu reagieren, eilte Lisa zum Ausgang. Sie war schon an der Tür, als sie jemand am Arm ergriff. Sie riß sich gewaltsam los.

„Ich bin es", sagte Walter lachend. „Wohin reißt du aus?"

„Ich möchte mich ausruhen …"

„Aber Lieschen, wir wollten doch zur Bar gehen …"

„Ich möchte nicht mehr."

„Du möchtest nicht? Warum?"

„Ich hab genug. Ich habe zuviel getrunken."

„Liebling, an der Bar finden wir bestimmt etwas Erfrischendes. Der Ball hat doch erst begonnen …"

„Nein, Walter …, bleib allein hier, wenn du willst."

Wieder sah Lisa diese Frau. Sie ging hinter Walter, und als er stehen blieb, tat sie dasselbe. Sie schaute jetzt zu ihnen hinüber, nein, sie schaute Lisa an. Und er hielt sie hier fest, setzte sie ihrem Blick aus wie absichtlich.

„Halt mich nicht fest, bitte", sagte sie, sich mühsam beherrschend. „Ich ruhe mich ein wenig aus und komme wieder."

Er war beleidigt.

Wie sollte sie es ihm erklären? Die andere näherte sich ihnen, sie kam eindeutig auf Lisa zu, ihre Augen hefteten sich auf sie. Im nächsten Augenblick …

„Um Gottes willen, Walter, laß mich los!" Ihre Stimme zitterte. „Sonst geschieht etwas Schreckliches!"

Er ließ sie los, von ihrem Gesichtsausdruck erschrocken. Er wandte sich um, suchte die Ursache ihres seltsamen Benehmens, dann sah auch er die Unbekannte. Er schaute Lisa an.

„Gehen wir", sagte er entschlossen.

Er nahm ihren Arm und führte sie schweigend zur Kabine. In den Korridoren schlenderten Paare, Musik und Gesprächsfetzen begleiteten sie. Sie traten in die Kabine. Lisa ließ sich in einen Sessel fallen. Er stand einen Augenblick vor ihr, dann sagte er dumpf:

„Demnach weiß ich nicht alles …, noch weiß ich nicht alles."

„Geh zurück …", sagte sie schwach. „Schade um das Vergnügen."

Statt einer Antwort rückte er sich einen Stuhl heran, setzte sich vor sie hin und nahm ihre beiden Hände.

„Hör mich an, Lisa. Wenn es etwas gibt, das ich von … jemand anderem erfahren könnte, dann ist es besser, ich erfahre es von dir."

Sie schwieg. Er wiederholte nachdrücklicher:

„Es wäre schlecht, es wäre sogar sehr schlecht, wenn mich jemand anderes … aufklären würde. Denn davor hast du Angst, nicht wahr?"

Sie preßte ihre Hände an die Ohren:

„Schrei nicht!" rief sie. „Schrei nicht!"

Er ergriff ihre Arme.

„Beruhige dich! Sofort!" befahl er, blaß vor Aufregung.

Er setzte sich wieder vor sie hin und sagte mit Nachdruck:

„Versteh doch, Lisa! Hör auf, dich zu fürchten, und bemühe dich zu denken. Wenn es etwas Ernsthaftes ist, muß ich es wissen. Sei es nur darum, um nicht überrascht zu sein, wenn … Um mich schützen zu können. Mich und … dich. Dich auch. Verstehst du? Eines weiß ich: Sie kennt dich, diese Engländerin. Aber ich weiß nicht, welche Gefahr darin steckt, daß sie dich kennt …"

„Sie ist keine Engländerin", flüsterte sie.

„Keine Engländerin? Was dann?"

„Sie ist eine Polin."

„Ach … und … sie war auch … dort?"

Sie schüttelte den Kopf.

„Also was?" fragte er, sich den Schweiß von der Stirn wischend. „Was? Die andere, diese … Marta …, lebt doch nicht mehr?"

Sie schwieg.

„Hast du es nicht so gesagt?"

Mit einem Ruck hob sie ihr Gesicht, das verbissen und entschlossen war. Kühl sagte sie:

„Nein. Ich habe nichts dergleichen gesagt. Als ich Auschwitz verließ, lebte sie." Und plötzlich schrie sie, die geballten Fäuste zum Gesicht hebend: „Verstehst du? Sie lebte! Lebte!"

Er schob den Stuhl beiseite. Er stand wieder, wie gestern, vor dem Bullauge, obwohl dort nichts war, worauf er seinen Blick ruhen lassen konnte. Nur schwarze Nacht und das Heulen des Windes. Er suchte etwas, suchte fieberhaft. Plötzlich wandte er sich um:

„Du warst gut!" schrie er, fast flehend. „Du warst gut zu ihr! Was also …?" Er erblickte ihre zusammengekauerte Gestalt, den gebeugten Kopf und diesen bestürzend fremden Ausdruck auf ihrem Gesicht. „Es sei denn …", sagte er sehr langsam, „es sei denn, daß dieser Bunker …"

„Aber nein! Nicht ich habe ihren Bunkerarrest veranlaßt. Ich hatte keine Ahnung, warum man sie eingesperrt hatte. Vielleicht war sie bereits mit einem Urteil ins Lager gekommen? Ich habe zwar ein paar Tage vorher bemerkt, daß ihr irgend etwas zugestoßen war, aber ich konnte nichts aus ihr herausbekommen. Sie hörte nicht, was man zu ihr sagte, sie antwortete nicht auf Fragen, sie benahm sich, als ob sie nicht ganz bei Verstand wäre. Stundenlang saß sie vor der Baracke und schaute geradeaus, als ob sie ihren Blick von den am Horizont sichtbaren Bergen nicht abwenden konnte. Sie konnte offensichtlich nicht schlafen, denn ihre Augen waren gerötet und ihre Pupillen erweitert wie bei einer Rauschgiftsüchtigen. Ich bemerkte auch, daß die Mädchen sich um sie herum auf Zehenspitzen bewegten. Einmal sah ich zufällig, wie sie versuchten, sie zum Essen zu bewegen.

Ich rief Kapo Elsa: ‚Was ist mit Marta los?'

‚Ich weiß nicht, Frau Aufseherin. Sie ... ißt nichts. Absolut nichts.'

Alles klärte sich noch am gleichen Tage auf, als Grabner erschien, der Chef der Politischen Abteilung. Daß sie bei seinem Eintritt aufstand, machte mich nicht stutzig. Das sah die Lagerordnung vor. Es kam mir überhaupt nicht in den Sinn, daß sein Kommen in irgendeinem Zusammenhang mit ihrer Person stand. Aber sie wußte es. Noch bevor Grabner die Nummer auf ihrem Arm überprüfen konnte, ging sie schon zur Tür. Ohne ein Wort an mich, ohne eine Geste, ohne einen Blick. Sie ging so hinaus, als ob ich überhaupt nicht anwesend wäre. Sie ging schnell, man hätte fast denken können, daß sie es mit großer Ungeduld tat, wenn nicht der Umstand wäre, daß es kein Häftling eilig hat, in die Politische zu kommen. Ich hielt Grabner zurück.

‚Was hat sie ausgefressen?'

Er lachte glucksend bei der Antwort:

‚Das wird sich zeigen.'

Mir lief es kalt über den Rücken, aber zugleich atmete ich auf: ‚Also ... gibt es keinen bestimmten Grund?'

‚Was denn? Einen Grund gibt es immer!' Er beugte sich ganz nahe zu mir, daß ich seinen Atem im Gesicht spürte. ‚Sie hat hier einen Verlobten. Er sitzt, na, da muß man doch auch sie ... Damit der eine nicht traurig ist, daß der andere frei ist, und umgekehrt.' Dabei lachte er gemein.

‚Schon lange?' fragte ich.

‚Was ... lange?'

‚Wie lange ist er schon im Bunker?'

‚Einige Tage.'

‚Hat er sie verpfiffen?'

‚Eh … Das haben wir aus den Akten. Sie sitzt seinetwegen. Als seine Verlobte.'

Das war es also. Sie hat es gewußt. Sie hungerte. Vielleicht wollte sie sich zu Tode hungern? Hat sie so schnell die Hoffnung verloren? Sie mußte wohl den Grund für seine Bunkerhaft kennen, wenn sie so verzweifelt war, so verzweifelt, als wäre er schon tot. Was war mit ihm? Lebte er noch? Und was wurde mit ihr? Deshalb bin ich damals in den Bunker gegangen … Ich dachte, daß ich vielleicht etwas erfahren könnte. Und ich erfuhr es. ,Mit ihr wird das gleiche geschehen wie mit allen unseren Feinden', sagte Grabner. Die Sache schien abgeschlossen zu sein. War sie nicht ein Feind Deutschlands? Man hatte im Lager eine Organisation aufgedeckt, und er war darin verwickelt. Wie gefährlich sie waren! Selbst dort, völlig machtlos, schmiedeten sie noch Ränke, brachten sie es noch fertig, uns zu schaden. Und sie … wußte bestimmt von ihrer Tätigkeit, auch dann, wenn sie selbst nicht beteiligt war. Ich wollte nichts mehr damit zu tun haben. Meine Probezeit ging zu Ende, nur noch drei Wochen blieben mir, und ich bat den Lagerkommandanten um vorzeitige Versetzung. Natürlich machte er mir keine Schwierigkeiten. Auch meine Schwester hat mir sehr geholfen. Ich sollte nur noch das Kommando und alle dienstlichen Angelegenheiten übergeben, und … ich war frei!"

„Und sie?" fragte Walter. „Sie hast du nicht mehr gesehen?"

„Doch …", antwortete sie flüsternd. „Ich habe sie gesehen. Und sie … mich."

„Wurde sie nicht erschossen?"

„Damals hat man zum erstenmal die Frauen verschont."

„Also kam sie aus dem Bunker heraus?"

„Sie kam heraus", sagte Lisa dumpf. „Wohl nur dazu, um mich zu sehen …, um mich anzustarren …"

Wieder sah er auf ihre Hände, wieder sah er sie geballt zum Gesicht erhoben. Lisa tat ihm leid, so daß er zum zweitenmal bereit war, zu sagen: „Lassen wir es ruhen, das war der Krieg." Er würde es sagen, wenn es in diesem Moment möglich gewesen wäre. Doch das Bedrohliche, das er schon damals ahnte, als er die Worte „ich kenne sie von dort" vernahm, schwebte über ihnen und war unausweichlich, Walter mußte dem entgegentreten, ob er wollte oder nicht. Und er stellte diese Frage, weil er sie stellen mußte:

„Um dich zu sehen?"

Lisa schwieg. Er fühlte Angst in sich aufkommen, Angst vor etwas, das vielleicht schlimmer war als die Wirklichkeit. Er bedrängte sie:

„Lisa, ich habe dir doch gesagt: Besser, ich erfahre es von dir als von jemand anders, als … von ihr … Denn jetzt glaube auch ich, daß … sie es ist."

Sie stieß heftig hervor:

„Du! Ich habe sie vor einem schrecklichen Tod gerettet. Buchstäblich und unmittelbar. Weil ich dabei war."

„Wobei … warst du?" Er sprach, diese Worte sehr langsam.

Sie beachtete die Frage nicht, sondern fuhr fort:

„Sie wäre ins Gas gegangen, ohne jeden Zweifel. Der Bunker hat sie fertiggemacht. Sie kam halbtot dort heraus. Die Bormann hätte sie mit Vergnügen aussortiert. Die SS-Leute haßten ‚gefallene‘ Prominente hundertmal mehr als die anderen Häftlinge. Wenn ich nicht dabei gewesen wäre …" Lisa sprach immer lauter, mit immer größerer Leidenschaft, ohne auf Walters entsetztes Gesicht zu achten. „Wenn ich nicht daran teilgenommen hätte, wäre sie nicht hier. Noch irgendwo!"

„Wenn du woran nicht teilgenommen hättest?"

Sie schaute ihn an und versuchte sich zu beherrschen. Bereits ruhiger fuhr sie fort:

„Niemals hatte ich etwas mit dem zu tun, das Auschwitz den Namen eines Vernichtungslagers gab. Mit den Ausrottungsaktionen. Und offensichtlich deshalb hielt die Lagerführerin meine Probezeit für noch nicht ganz beendet. Einige Tage vor meiner Abfahrt kündigte sie mir an: ‚Annie, morgen ist Selektion, ich meine, daß du daran teilnehmen solltest.‘ Ich spürte, daß ich blaß wurde. Wahrscheinlich hatte sie es bemerkt, denn sie fügte trocken hinzu: ‚Es ist recht und billig, daß wir alle verantwortlich sind, alle gleichermaßen.‘ Ich begriff. Es war nach einer ernsten Niederlage im Osten. Man begann darauf zu achten, daß alle gleichmäßig schuldig sind. Wenn ich mich geweigert hätte …? Wahrscheinlich gab es auch solche, die dies taten. Sie begingen Selbstmord oder wanderten ins Lager als Häftlinge. Ich vermochte weder das eine noch das andere. Ich war keine Heldin. Ich hatte dazu keinerlei

Anlagen. Und schließlich, wenn Deutschland groß werden sollte …? ‚Wer verdammt heute Rom für die Zerstörung Karthagos?' sagte die Oberaufseherin immer. ‚Den Siegern verzeiht man alles, den Besiegten nichts.'

Es war ein Sonntag. Seit dem frühen Morgen stand das ganze Lager auf dem Appellplatz. Man nannte das Generalappell. Natürlich arbeitete auch die Küche nicht, das Essen sollte erst am Abend ausgeteilt werden. Es regnete, und die Frauen waren schon nach einigen Stunden blau angelaufen. Den ganzen Tag warteten wir in der Blockführerstube auf den Befehl. Erst kurz vor der Dämmerung teilte man uns die Blocks zu. Das Lager sollte von ‚Muselmännern' gesäubert werden. ‚Aber wie soll ich sie herausfinden?' fragte ich. ‚Sie sind doch völlig gesund, nur daß sie erschöpft sind?' Die ganze Gesellschaft antwortete mit einem Gelächter. ‚Sie veranstalten eine Olympiade, Frau Franz', riet mir Taube, ‚wie die Cäsaren. Wer in den Wettbewerben siegt, wird leben, wer zurückbleibt, geht durch den Schornstein.' Ich bekam zusammen mit der Aufseherin Bormann den siebenten polnischen Block zugeteilt. Denselben, aus dem ich nach meiner Ankunft in Auschwitz mein Kommando ausgewählt hatte. Damals streckte ich meine Hand aus und gab damit ein besseres Dasein, gab die Hoffnung zu überleben. Jetzt …, jetzt brachte die gleiche Geste den Tod. Den schrecklichsten der schrecklichen. Ich weiß nicht mehr, wie ich durch die Reihen ging. Bei der ersten Reihe zeigte ich auf keine. Ebenso bei der zweiten. Ich ging, so schnell ich konnte, die Gesichter verschwammen vor meinen Augen, sie lösten sich in Nebel auf, ich war unfähig, die Hand zu heben. Ich war schon am Ende der zweiten Reihe, da bellte die Bormann: Aufseherin Franz! Diese Leiche hier haben Sie übersehen!' und mit einem Stoß stieß sie eine Frau, deren Beine angeschwollen waren wie Ballons, vor die Reihe. Mir wurde schlecht, und Verzweiflung ergriff mich. Ich glaube, ich sagte mir: Taube hat recht, man muß das irgendwie feststellen. Und dann hörte ich mein Schreien: ‚Los, die ganze Reihe im Laufschritt! Zur Lagerstraße! Über den Graben!' Sie liefen los. Verzweifelt warfen sie sich nach vorn. Diejenigen, die fielen, wurden sofort von einem Kreis aus Kapos und Blockältesten umringt. Ich dachte mit Dankbarkeit an Taube. Nicht ich habe sie verurteilt, nicht von meiner Handbewegung hing ihr Leben oder ihr Tod ab. ‚Die nächste Reihe', kommandierte ich und da ... sah ich Marta. Ich dachte, daß es eine Halluzination sei. Sie saß doch im Bunker! Aber sie war es tatsächlich. Sie hat mich die ganze Zeit angestarrt, ja, von Anfang an fühlte ich einen Blick auf mich gerichtet, ich dachte, daß es ihrer aller Augen wären, aber nein, das war nur Martas Blick. Voller Abscheu, Haß, Verachtung und ... Triumph. Ja eben. Sie sah aus ..., sie hatte einen Gesichtsausdruck, als ob ..., als ob sich etwas erfüllt hätte, worauf sie seit langem, worauf sie schon immer gewartet hatte. Ich stand vor ihr. Ich hatte das Recht dazu, ja, Walter, ich wäre gerechtfertigt, wenn ich es getan hätte! Für all das, womit sie meine Gutmütigkeit bezahlte, und dafür, daß sie mich auf diese Weise ansah ..., mich, die ich ... Sie starrte mir in die Augen, unnachgiebig, unverschämt, sie beschimpfte mich, sie forderte mich heraus mit ihrem Blick. Weißt du, wozu sie mich provozieren wollte? Daß ich die Hand hob. Es schoß mir sogar der Gedanke durch den Kopf, in diesem Augenblick völliger Lähmung meiner geistigen Kräfte, daß sie ungeduldig darauf wartete. Trotzdem hat es mich viel gekostet, ihr zu sagen: ‚Gehen Sie ins Büro. Und machen Sie sich an die Arbeit.‘ Denk dir nur ..."

Walter unterbrach sie:

„Du hast einen Fehler gemacht", stellte er kühl fest. „Wenn das nicht wäre, hättest du jetzt nicht den ganzen Kram auf dem Hals. Du würdest sicher und behaglich in der Liebe deines Mannes leben. Oder schlimmstenfalls, wenn dich doch jemand von dort erkannt hätte, würdest du die rührende Rolle der sentimentalen Aufseherin spielen, die einer zum Tode verurteilten Gefangenen ihr eigenes Frühstück überläßt ..."

„Walter!" schrie sie. „Du hast kein Recht, so zu reden!" Doch sie beruhigte sich sofort. „Du hast recht. Es war sicher ein Fehler. Denn ich hatte ein Recht dazu, es zu tun. Jawohl. Es wäre nichts anderes gewesen, als Marta recht zu geben. Das wollte sie ja. Lange Zeit mühte ich mich vergeblich ab, um zwischen dem einen und dem anderen SS-Mann einen Unterschied zu sehen. Zwischen mir und den anderen. Sie wollte ihn nicht sehen. Man hätte ihr recht geben sollen. Ich hätte mich als diejenige zeigen sollen, für die sie mich hielt. Ich hatte sogar die Pflicht, dies zu tun. Sie war unser unversöhnlicher Feind, damals hatte ich darüber keinerlei Zweifel mehr, und ich sollte dafür einen weiteren Beweis erhalten ... Man hätte meinen können, daß ich sie nur dazu gerettet hätte, um mich endgültig davon zu überzeugen, um meine Niederlage bis zum Schluß auszukosten.

Ich habe sie gerettet. Denk dir, sie dankte mir nicht einmal. Sie geruhte nicht, dieses eine Wort ‚danke' zu sagen. Trotzdem nahm ich sie wieder in mein Kommando. Was hatte mich dazu bewogen? Bestimmt nicht mehr die gewöhnliche menschliche Sympathie, die ich zu Anfang für sie empfand. Aber, wer findet sich schon darin zurecht? Manchmal fühlte ich so mit ihr, wie niemals jemand mit mir gefühlt hat. Einmal sagte ich in so einem Augenblick: ‚Schade um Tadeusz' – aber sie geruhte nicht, es zu bemerken.

Sie war kein Mensch mehr, sondern wie eine Puppe mit leblosen Gliedern. Einmal sah ich einen Brief von ihrer Familie, der seit einer Woche nicht geöffnet war, und wenn nicht der Zwang gewesen wäre, eine Antwort schreiben zu müssen, hätte sie ihn wahrscheinlich überhaupt nicht geöffnet. Ein Ereignis jedoch machte mir, krasser als alles andere, bewußt, wie weit schon der Prozeß ihres Verfalls fortgeschritten war.

Der neue Arbeitsdienstführer hieß Schulz. Aber alle, sowohl die Häftlinge als auch die SS-Leute, nannten ihn ‚Rattenfänger'. Die Ratten waren seine Leidenschaft. Er trieb den ganzen Block dazu an, die Löcher zu verstopfen und eine Treibjagd zu veranstalten, er selbst stand an der Tür und schoß mit seiner Pistole auf die hin- und herhuschenden Tiere. Er bündelte ein paar zusammen, nahm sie an den Schwänzen und ging auf die Lagerstraße. Er winkte die erste beste Gefangene heran, die ihm über den Weg lief, und begann mit ihr ungezwungen zu plaudern, wobei er seine Beute leichthin schwenkte. Es endete immer auf die gleiche Art: Die Beute landete im Gesicht des Opfers. Die Frauen wurden hysterisch, eine wurde sogar verrückt. Später hat man Schulz in das Männerlager versetzt. Er hat die ganze Freude am Leben verloren. Auf Männer wirkten seine Kunststücke nicht, wahrscheinlich kam es auch vor, daß sie Ratten aßen. Im Frauenlager hatte er eine größere Angst verbreitet als Taube. Meine Schreiberin wurde bei der Nachricht, daß der ‚Rattenfänger' in der Nähe ist, geradezu grün im Gesicht Sie hatte in dieser Beziehung eindeutig eine Psychose, wie schließlich auch ich.

Marta wohnte nicht mehr in der Stube der Blockältesten. Nach ihrer Rückkehr ins Kommando suchte sie sich einen Platz in dem

Gemeinschaftsraum. Eines Abends nach dem Dienst ging ich in den Block, wie ich das früher häufig tat. Als ich eintrat, spielte jemand auf einer Mundharmonika. Wie sie die Melodie ‚Rosamunde' spielte, machte mich stutzig. Etwas Verbissenes, um nicht zu sagen Besessenes, war darin.

‚Na, Ihnen scheint's ja gut zu gehen', sagte ich zur Blockältesten.

‚Och, Frau Aufseherin', rechtfertigte sie sich, ‚ich selbst bitte darum, daß sie spielen, wenn dieser Rattentanz beginnt.'

Ich weiß nicht, wie ich diesen Anblick ertragen konnte. Nirgendwo auf der Welt gab es wohl so große Ratten wie jene in Auschwitz. Es waren dort, auf dieser kleinen Fläche um den Ofen, wohl an die zwanzig. Sie balgten sich herum wie ein Haufen junger Katzen. Sie reagierten nicht auf die Vorübergehenden noch auf einen Versuch, sie zu verjagen. Eine Rolle Papier, halb aufgerollt, wirbelte zwischen ihnen herum. Sie rissen sie sich gegenseitig weg, stießen sie vor sich her, schlugen sie weg wie einen Fußball. Sie drehten sich wie rasend um sich selbst, hüpften und sprangen, und das alles zu den besessenen Klängen der Mundharmonika. In einem gewissen Augenblick schien es mir, daß sie deshalb wie wahnsinnig herumtanzten, weil man ihnen aufspielte, und dieser Gedanke machte mich hysterisch. Ich schrie ‚Ruhe!'. Die Mundharmonika verstummte, und da hörte ich ihre piepsenden Stimmen. Der Magen drehte sich mir um.

‚Deshalb spielt sie ja so', sagte die Blockälteste, als sie mich hinausführte.

Bevor ich hinausging, sah ich Marta. Sie saß auf einem Schemel am Ofen. Ganz nah zu ihren Füßen tobte dieser ekelhafte Haufen. Sie saß unberührt und schaute ihnen zu. Sie hatte keine Angst mehr vor Ratten. Sie reagierte nicht mehr … Sie reagierte ebensowenig wie jene Leichen im Revier …

Ich weiß nicht, warum ich es sozusagen unter einem Dach mit ihr aushielt und warum ich ihre Gegenwart noch ertrug. Ich hätte sie ja jeden Augenblick loswerden können, ohne ihr dabei unrecht zu tun. Ich wußte, daß sie mich haßte, daß mein Anblick für sie ebenso unerträglich war wie der ihre für mich. Aber dennoch tat ich es nicht. Man hätte meinen können, ich fürchtete sie. Ich wollte sie einfach im Auge behalten, damit sie nichts gegen mich anzetteln konnte, damit sie mich nicht unversehens überraschte. Aber darum ging es nicht, obwohl die Ereignisse, die später eintraten, die Richtigkeit einer solchen Interpretation hätten bestätigen können. Von der Furcht vor ihr konnte ich mich sehr leicht befreien – indem ich wegfuhr. Meine Abfahrt verzögerte sich nur vorübergehend, weil Berlin irgendeine Formalität nicht rechtzeitig erledigte. Ich würde wegfahren, und sie sollte mit mir kommen. Jawohl. Auch das war erledigt. Sie war zusammen mit noch einigen anderen Funktionshäftlingen in eine Liste eingetragen worden. Ich stellte sie vor die vollendete Tatsache, denn so war es auch. Ich dachte nicht daran, sie zu fragen, ob sie mit mir kommen wolle. Sie würde ‚jawohl‘ antworten, aber ich hatte ja keinerlei Sicherheit, daß sie es auch wirklich wollte. Ich war auf alle möglichen Winkelzüge gefaßt. Auf eine für uns alle erstaunliche, unmerkliche Weise begannen die politischen Häftlinge die wichtigsten Häftlingsfunktionen an sich zu reißen. Sie besaßen im Lager bereits eine bedeutende Macht. Es kam vor, daß sie die Entscheidungen des Lagerführers zu ändern vermochten oder ihre Realisierung zumindest sabotierten. Ich hatte den Verdacht, daß sie in diesem Fall alle Hebel in Bewegung setzen würden, um meine Pläne zu durchkreuzen. Es sei denn, daß Marta selbst mitkommen wollte … Aber ich hatte auf sie keinerlei Einfluß.

Eines Tages stürzte der Arbeitsdienstführer Schulz in die Baracke. Das Kommando ergriff Panik, als sie hörten: ‚Antreten‘. Ich konnte diesen Typ nicht leiden. Ich beobachtete von meinem Zimmer aus sein Eindringen, entschlossen, mich gegen ihn zu stellen, wenn er hier seine Praktiken anwenden wollte. Diesmal hatte er jedoch etwas anderes im Sinn: Schmuck und religiöse Amulette. Einer Frau nach der anderen riß er die Medaillons vom Halse, die sie sich auf irgendeine Weise verschafft hatten. Ich mischte mich nicht ein. Das ging mich nichts an. Nur Martas plötzliche Blässe überraschte mich. Und im selben Augenblick erinnerte ich mich an das Medaillon von Tadeusz. Es fiel wie die anderen. Ich folgte Schulz. Er erlaubte mir, in seiner Beute herumzuwühlen. Ich fand es.

‚Schenken Sie mir das Stück Blech‘, bat ich ihn. Er lachte und winkte mit der Hand ab. Ein Christusgesicht mit Tadeuszs Zügen. ‚Schade darum‘, dachte ich. ‚Ich gebe ihr das Medaillon zurück. Ja. Sie soll es haben.‘ Ich ging zur Baracke, aber kaum hatte ich einige Schritte getan, hielt mich die Stimme von Schulz zurück:

‚Jetzt hab ich euch, verfluchte Schieber!' brüllte er.

Ich schaute mich um. Schulz durchsuchte zwei Häftlinge. Sie standen mit entblößten Köpfen vor ihm, die Hände an den Hosennähten, einer von ihnen sagte etwas, ruhig, ohne eine Spur von Furcht. Ich erkannte sie. Es waren die aus der Schreibstube, Kapo Werner und der andere – der Pole, der Schreiber, den ich im Verdacht hatte, an der Affäre mit dem Hund beteiligt zu sein. Ich wartete, ob Schulz etwas finden würde, aber nein! Um so wütender bellte er:

‚Haut ab! Euch wird schon der Appetit auf die Weiber vergehen, wenn ihr Fünfundzwanzig auf den Hintern bekommt!'

Ich hatte Lust, über Schulz zu lachen, er hatte immer noch keine Ahnung, was Auschwitz war. Er wußte zum Beispiel nicht, daß einige Häftlinge das Recht hatten, sich im Lager frei zu bewegen, und wenn man sie nicht auf frischer Tat ertappte, konnte man ihnen nichts tun.

Ich ging in meine Schreibstube. Marta war nicht da. Sie war in der anderen Baracke beim Sortieren der Sachen. Ich ließ sie rufen.

‚Ich gebe ihr das Medaillon', dachte ich. ‚Ich lege es vor sie hin, ich lege es ganz einfach auf den Tisch …' Ich hörte Schritte und nahm das Medaillon in die Hand. Aber es war Kapo Elsa.

‚Frau Aufseherin, ich habe etwas Interessantes gefunden.' Sie reichte mir ein Stück Papier, das ganz fest zu einem Röllchen gerollt war.

‚Was ist das?'

‚Ich glaube – ein Kassiber.'

Das Röllchen war schmutzig und an den Rändern eingerissen.

‚Rollen Sie es auf.'

Sie hatte recht. Das Blättchen war mit winzigen Buchstaben eng beschrieben.

‚Das ist polnisch', sagte Elsa.

Mir kam ein Gedanke:

‚Wo haben Sie das gefunden?'

‚Auf dem Weg zwischen den Blöcken, aber näher am Block II.'

‚Zeigen Sie mir bitte, wo!'

Wir gingen hinaus. Ja. Es stimmte. Ungefähr hier hatte Arbeitsdienstführer Schulz die Häftlinge durchsucht. Von der Baracke kam Marta. Ich rief sie heran. Wir gingen in die Schreibstube.

„Übersetzen Sie das!' Ich gab ihr den Kassiber.

Sie zog die Augenbrauen zusammen. Die Schrift war undeutlich, sie konnte sie nur schwer lesen. Mir schien jedoch, daß sie die Schwierigkeit etwas übertrieb. Aber sie übersetzte. Und ganz gut. Es war ein Liebesbrief, ganz hübsch übrigens, obwohl er ein wenig zu poetisch war. Es war die Rede von irgendeinem Berg, zu dem sie beide hingehen würden, einem Berg, ganz violett von Heidekraut, der allein ihre Liebe sehen sollte, wenn es wieder eine Zeit für die Liebe gab.

Ich gebe zu, daß ich, als ich den Inhalt des Kassibers kannte, nur neugierig war, welches der Mädchen die Autorin eines solchen Briefes war. Ich ließ das Kommando antreten.

‚Marta, bitte übersetzen.'

Sie trat vor die Reihe.

Ich ließ das Stück Papier herumgehen. ‚Ich verlange, daß die, die das geschrieben hat, sich meldet.'

Der Kassiber ging durch die Reihen und kam zu mir zurück. Das Kommando schwieg.

‚Der Brief hat, außer daß er dumm ist, keine Bedeutung. Wenn sich die Schuldige freiwillig bekennt, mache ich keine Meldung. Wenn sie aber wartet, bis ihr jemand dabei hilft, geht sie in die SK. Und wenn sich die Schuldige nicht findet … geht das ganze Kommando in die SK. Ihr habt den ganzen Tag Zeit nachzudenken und … die Schuldige anzuzeigen.'

Kurz vor Ablauf der Frist bat mich Marta um eine Unterredung. Ich freute mich. Ich glaubte, sie wisse, wer die Absenderin war, und um das Kommando zu retten, hatte sie sich entschlossen, sie anzuzeigen.

‚Höchste Zeit', sagte ich. ‚In einer Stunde wäre es zu spät gewesen.'

Sie schaute mich merkwürdig an.

‚Ich … bin gekommen, Sie zu bitten …'

‚Bitten?'

‚Jawohl. Das Sie uns selbst bestrafen.'

‚Wie soll ich das verstehen?'

‚Wir bitten, daß Sie keine Meldung machen.'

‚Das Kommando bittet? Das Kommando kennt meine Einstellung.'

‚Ich bitte, Frau Aufseherin.'

Das war zuviel. Ich fühlte, wie ich blaß wurde. ‚Sie haben sich völlig aufgegeben', sagte ich, ‚völlig … Wer sind Sie, daß Sie mir eine persönliche Bitte vortragen? Ein freier Mensch?'

Sie wurde noch blasser, als ich das sagte.

‚Frau Aufseherin, der ist frei, der nichts zu verlieren hat. Zum Gefangenen macht den Menschen der Wunsch zu leben.'"

„Interessant …", sagte Walter, „Wie alt konnte sie damals gewesen sein?"

„Sie war noch nicht zwanzig."

„Alle Wetter! Sie hat uns Deutschen doch noch etwas zu verdanken. Eine solche Philosophie in diesem Alter …"

Lisa fuhr fort:

„Da fiel mir ihr Medaillon ein. Ich hatte es in der Tasche, ich fühlte es, sooft ich nach dem Taschentuch griff, aber nein, sie verdiente es nicht! Ich wich dieser philosophischen Diskussion aus.

‚Die Meldung wird gemacht. Wenn bis morgen um elf die Schuldige nicht gefunden ist, wird das ganze Kommando die Konsequenzen tragen.'

Ich wußte damals noch nicht, wie sehr das Kommando diese Strafe verdiente. Und ich hätte es niemals erfahren, wenn nicht ein Zufall mitgespielt hätte. Am späten Abend stürzten meine Schwester Hasse und die Aufseherin Bormann zu mir herein. Sie waren ziemlich aufgeregt.

‚Annie', sagte Hasse, ‚man hat wieder unsere Namen in dieser idiotischen Sendung erwähnt.'

‚In welcher Sendung?'

‚Sie wissen es nicht?' kreischte die Bormann. ‚Die Hölle Europas.'

Ich teilte ihre Aufregung nicht. Mich machte das alles eher neugierig.

‚Und … aus welchem Anlaß?' fragte ich.

Die Bormann schaute auf mich wie auf eine Idiotin.

‚Aus Anlaß der letzten Selektion, Aufseherin Franz!'

Ich fühlte mich unbehaglich.

‚… Die wissen … davon?'

‚Und sehr genau!' Die Bormann lachte grell. ‚Von Ihnen war auch die Rede.'

‚Von mir?' Ich erkannte meine eigene Stimme nicht.

‚Ja, von Ihnen! Hasse, sag es ihr!'

‚Ja, Annie, dort war auch der Satz: An der Selektion nahm zum erstenmal die Chefin des Kommandos der Effektenkammer, Aufseherin Anneliese Franz, teil. – Das sind nur die Männer!' schrie sie wütend. ‚Ich habe immer gesagt, laßt keine Männerkommandos ins FKL. Für einen Kassiber sollte man sie mit dem Bunker und mit dem Strick bestrafen!'

Ich sagte nichts, aber als sie gegangen waren, suchte ich in der Tasche nach dem Kassiber. Ich schaute mir Zeile für Zeile durch die Lupe an. Und endlich … sah ich es …, ganz unten …, in der letzten Zeile fand ich die Wörter: Chef, Effektenkammer und … Aufseherin Anneliese Franz. – Ich traute meinen Augen nicht, aber … ich fand noch andere Wörter: Hasse, Bormann, einige Male wiederholte sich das Wort Selektion, und dann waren da noch Zahlen. Ja, das war die Anzahl der Selektierten. Also hatte ich diese Nachricht hier …! Aber auf welche Weise wurde sie übermittelt, wenn ich sie doch … Und da erst begriff ich es. Das war eine Kopie. Eine von vielen Kopien, die über das ganze Lager verstreut waren, bestimmt für diejenigen, die sie abholten. Diese Kopie hatten die beiden gehabt: Kapo Werner und der andere. Als sie Schulz bemerkten, haben sie sie auf die Erde geworfen und in den Schlamm getreten. Aber das Original ist an seinen Bestimmungsort gelangt. Also hatte ich den Faden in der Hand! Nein, sie hat das nicht geschrieben, aber sie hat ja gewußt, was sie liest, und sie hat mich bewußt irregeführt. Ich hatte den Faden in der Hand – und was für einen, aber … Ich hatte keine Kraft mehr. ‚Der ist frei, der nichts zu verlieren hat', so hatte sie gesagt. Und sie war frei. Sie war frei! Mitten zwischen Stacheldrähten, Hunden und SS-Männern war sie frei! Gebe ich die Sache an die Politische ab, dann werde ich wer weiß wie lange hierbleiben müssen, bis zur Beendigung der Untersuchung auf jeden Fall, aber ich hatte genug, absolut genug. Außerdem – das konnte auch für mich gefährlich werden. Sie war ‚mein Liebling'. Der Kassiber wurde durch mein Kommando geschleust. Mein Kommando arbeitete mit der Lagerorganisation der Widerstandsbewegung zusammen! Andererseits stand bereits meine und ihre Versetzung fest. Ich konnte mir nicht erlauben, die Konsequenzen der Aufdeckung zu tragen. Alles dem Selbstlauf überlassen – allein, dazu konnte ich mich entschließen.

Mit welchem Widerwillen fuhr ich am nächsten Tag ins Lager! Ich mußte die Sache mit dem Kommando zu Ende bringen, ich mußte mich noch einmal mit ihr messen. Warum haben mir zur rechten Zeit die Kräfte gefehlt? Ich hatte doch alle Argumente in der Hand, alle Argumente gegen sie. Ich konnte ihr einfach sagen: ‚Sie haben mich betrogen. Ich habe es nicht verdient, betrogen zu werden, aber Sie haben mich betrogen.' Doch ich wußte, daß für diesen Vorwurf, den schwersten in den Beziehungen zwischen den Menschen, hier kein Platz war.

Zehn Uhr war vorbei, als ich zur Oberaufseherin gebeten wurde.

Ich hatte das erwartet Eine solche Meldung mußte sie interessieren. Das ganze Kommando? Das geschah nicht sehr oft.

Doch die ‚Ober' sagte nur:

‚Ich habe Ihren Rapport unterschrieben. Der Rapportführer wird, sich dieser Sache annehmen.'

Nach einer Weile jedoch sagte sie, wobei sie die Papiere auf ihrem Schreibtisch durchsah:

‚Haben Sie sich diesen Kassiber übersetzen lassen?'

‚Selbstverständlich, Oberaufseherin.'

Sie nickte. Doch diese Frage und ihr offizieller Ton irritierten mich. In der Meldung hatte ich geschrieben: ‚ein Liebesbrief' und ‚hartnäckiges Decken der Schuldigen'. Damals, als ich das schrieb, kannte ich noch nicht den wahren Inhalt des Kassibers. Und später, als ich ihn bereits kannte … Nun ja. Ich habe die Verantwortung gescheut. Wenn das aber nun rauskam? Die Oberaufseherin blätterte noch immer in den Papieren, legte einige beiseite und schien meinen Blick absichtlich zu meiden. Ihr Benehmen nahm mir die Möglichkeit, irgendwelche Fragen zu stellen. Ich entdeckte jedoch auf einer Mappe die Aufschrift ‚Effektenkammer' und meine Angst wuchs. Ich bat um die Erlaubnis, einen Augenblick hinausgehen zu dürfen, ohne zu glauben, daß ich sie auch wirklich erhielt. Ich war sehr erstaunt, als ich hörte: ‚Aber kommen Sie bitte gleich zurück.' Ich ging hinaus. In der Toilette schaute ich mir den Kassiber noch einmal an. Und dann zerriß ich ihn in kleine Stücke. Als ich zurückkam, waren in dem Zimmer die ‚Ober', der Lagerkommandant und Trude Weniger. Sie war blaß und aufgelöst.

‚Sie wissen, worum es geht?' fragte die ‚Ober' kühl. ‚Um ein Kind. Ein Judenkind, das in Ihrem Kommando versteckt und später ins Lager geschmuggelt wurde. Bisher hat man es nicht gefunden.'

Ich erstarrte. Darum ging es also.

Ich habe dir nicht gesagt, Walter – du hattest die Kabine verlassen und ich konnte meine Beichte nicht beenden –, daß unter allen Greueln von Auschwitz zu den ungeheuerlichsten das Töten von Kindern gehörte. Demgegenüber war alles andere nichts, auch das, was die Kinder sonst in Auschwitz durchmachten. Ich habe einmal gesehen, wie man einem Säugling die Nummer in den Arm tätowierte. Ich habe auch gesehen, wie man den Müttern die Kinder wegnahm, den polnischen und russischen Frauen aus den sogenannten Familientransporten. Sie umklammerten die Kinder so, daß man ihnen nur mit Gewalt das Kind entreißen konnte, bevor es erstickt wurde. Sie benahmen sich wie rasende Tiere, ihr Weinen erinnerte an das Heulen von Wölfen. Man hörte es im Lager noch viele Tage lang. Aber ihre Kinder gingen ja nicht in den Tod, und das wußten sie. Sie sollten in Kinderheime gebracht werden, was die Mütter eher hätte freuen sollen. Denn ein, zwei Monate hier, und die Wanzen hätten die Kinder gefressen. Wir konnten damit nicht fertig werden, wir verfügten nicht über die entsprechenden chemischen Mittel ... Die Wanzen haben den Kindern buchstäblich das Blut ausgesogen. Ihre Körper bedeckten sich mit Blasen. Diese Blasen schwollen an und eiterten. Das alles jedoch, schrecklich an und für sich, diese herzzerreißenden Szenen, als man ihnen die Kinder wegnahm – selbst die Oberaufseherin hatte in solchen Augenblicken Tränen in den Augen –, war nichts im Vergleich dazu, was ich jeden Tag auf der Rampe erlebte.

Es waren so viele ... Manche unterschieden sich überhaupt nicht von unseren deutschen Kindern, sie hatten helle, glatte Haare und blaue Augen. Ich beobachtete sie, wenn sie auf dem Rasen herumtobten, mit dem Ball spielten und seilsprangen. Ich konnte mich von ihnen nicht losreißen. Ich hörte ihre sorglosen Stimmchen, ihr Lachen, Rufen, manchmal ein kurzes Weinen. Niemals wird jemand die Wahrheit über uns wissen, Walter. Was kannst du davon wissen, was ich beim Anblick dieser Kinder fühlte? Das wußte niemand, zum Glück, wohl nur ..., wohl nur sie. Und darum erlaubte sie sich das ...

An diesem Tag ..., es war ein Sonntag, heller Sonnenschein lag über dem Lager, und der Birkenhain hinter dem Krematorium strahlte in saftigem Grün ... Vom Tor des FKL, wo das Frauenorchester spielte, hörte man ein Lied. Das war dasselbe Lied, Walter, das gestern beim Ball … Ich stand neben Marta, damals noch nicht so endgültig verfeindet. Wir betrachteten die Menschen, die von der Rampe kamen. Ein neuer Transport. Sie gingen ruhig und schauten sich neugierig um. Einige pfiffen die eben gehörte Melodie mit. Die Sängerin, ein märchenhafter Koloratursopran, jubelte fast: ‚Ich brauche weiter nichts als nur Musik, Musik, Musik.‘ Der Transport war groß …, es waren in der Mehrzahl Mütter mit Kindern, die nicht älter als drei Jahre waren. Und Kinderwagen … Kinderwagen … Sie fuhren, von den Müttern geschoben, in Richtung des Krematoriums, dessen Schornsteine rauchten. Und dann …, dann rollten sie durch unser Magazin … leer. Mit einem Stoß in Bewegung gesetzt, fuhren sie durch die Baracke und landeten am anderen Ende. An diesem Tag hatte Trude Weniger Dienst beim Transport, auch eine der von der Lagerleitung bevorzugten Aufseherinnen. Ihr Verhältnis zu mir war recht gut. Wir alle – Trude, Marta und ich – bemerkten diesen Wagen, dessen Verdeck ganz hochgeklappt war. Er schoß an uns vorbei wie die vorherigen, aber dennoch fiel er uns allen auf.

‚Dort ist bestimmt ein Balg drin‘, sagte Trude lachend. ‚Jemand hat es durchgeschmuggelt.‘

‚Unsinn‘, sagte ich. ‚An diesen Seelenfängern vorbei? Unsinn.‘

Marta blickte mich rasch an.

‚Ich werde es überprüfen, Frau Aufseherin.‘

Ich nickte.

‚Im Laufschritt … Und melden Sie es Aufseherin Weniger.‘

Trude schaute mich an.

‚Du hast aber Vertrauen zu ihr …‘, stellte sie fest.

Das klang wie ein Tadel.

‚Nicht mehr, als sie es verdiente, erwiderte ich leichthin. ‚Und übrigens …, geh, überwach sie. Du hast doch Dienst, los!‘

Sie schaute mich an, unsicher, und in diesem Augenblick hörten wir ihn …, nein, ich hörte ihn, wohl nur ich, den schwachen Schrei eines Säuglings, der gleich darauf erstickt wurde. Aber es war wohl doch nur eine Täuschung. Denn wäre dieser Schrei tatsächlich zu hören gewesen, wäre Trude sofort losgerannt, sie, die so diensteifrig war … Indessen blieb sie neben mir stehen und schaute mich noch eine Weile an, als ob sie plötzlich an mir etwas Interessantes entdeckt hätte. Dann erst entschloß sie sich:

‚Gut. Ich gehe.‘

Aber Marta kam bereits zurück. Ohne sich zu beeilen, kam sie auf uns zu. Sie trug etwas in den Armen, in der Art wie man ein Kind hält. Ich fühlte ein Würgen im Hals, bis sie so nahe herankam, daß ich es erkennen konnte.

‚Ein dummer Scherz des Sonderkommandos', sagte sie und hielt mir ein Kissen mit einem darin eingewickelten Gegenstand hin. Ich zuckte zurück, aber Trude brach in ein Gelächter aus. Es war eine Puppe. Für den Bruchteil einer Sekunde kreuzten sich unsere Blicke, mein Blick und der ihre, der dieser Nummer, dieser Gefangenen, und Angst durchzuckte mich. Wozu sind sie nicht alles fähig! Ich hatte keine Zweifel mehr. Diese Puppe hätte in dem Wagen sein können, aber sie hätte sie auch von dem Haufen nebenan nehmen können. Und das Weinen habe ich gehört. Noch war es nicht zu spät, um dieses schweigende Einvernehmen abzubrechen, auf Grund dessen sie hier stand, mir die Puppe entgegenhielt und mir ins Gesicht log. Noch konnte ich sie lehren, daß sie sich in mir geirrt hat, und ich konnte der Aufseherin Weniger beweisen, daß ich Marta tatsächlich nicht mehr vertraute, als sie es verdiente. Statt dessen sagte ich jedoch:

‚Nun, Trude, nimm dein Kind. Es gehört dir.'

Und Trude, statt dorthin zu gehen, an das andere Ende der Baracke, obwohl es jetzt schon zu spät sein konnte, um noch irgend etwas rückgängig zu machen, Trude begann lachend das Kissen auseinanderzuwickeln, als wäre sie allein nur deshalb nach Auschwitz gekommen, um mit Puppen zu spielen.

Und jetzt wollte sie mich reinreißen. Ich hatte keine Wahl. Ich mußte Marta noch einmal retten."

„Marta?" fragte Walter erstaunt. „Ich würde glauben, daß du vor allem dich retten wolltest."

„Indem ich mich rettete, rettete ich gleichzeitig sie. Und das Kind. Und einige andere. Denn Marta mußte wissen, wo es sich befand. Wenn man sie in die Politische holte ..."

„Du hast vorher von dem Kind nicht gesprochen", sagte er leise.

„Du hast mir dazu keine Zeit gelassen. Übrigens ist es mir erst jetzt eingefallen. Ich habe schließlich über meine guten Taten kein Buch geführt, oder anders gesagt, über die Vergehen gegen die Uniform, die ich trug. Ich besitze so ein Buch nicht, in dem verzeichnet wäre, was ich selbst bereits vergessen habe. Ich antwortete also der Oberaufseherin so ruhig, wie ich vermochte:

‚In meinem Kommando? Das ist irgendein Mißverständnis.'

‚Keineswegs!' Die Stimme der ‚Ober' war wie ein Peitschenhieb. ‚Aufseherin Weniger hatte damals Dienst, und sie leugnet nicht, daß es möglich sein konnte.'

‚Wenn Aufseherin Weniger die Möglichkeit einräumt, daß während ihres Dienstes …'

‚Aber erinnere dich doch!' unterbrach mich Trude. ‚Du warst doch damals auch dabei. Ich habe gleich gesagt, daß in diesem geschlossenen Wagen ein Kind sein muß, aber du … Und sie brachte diese Puppe, und du …'

Vor Aufregung verhaspelte sie sich. Ich durfte keinen Augenblick zögern.

‚Nein, ich erinnere mich nicht. Weder an einen geschlossenen Wagen noch an eine Puppe. In meiner Gegenwart konnte so etwas nicht geschehen.'

‚Aber! Wie kannst du nur …', schrie die Weniger wütend.

‚Die Erklärung der Aufseherin Franz genügt mir', wandte sich die Oberaufseherin an den Lagerkommandanten. ‚Es ist bekannt, daß sie ihr Kommando mit eiserner Faust regiert.' Und sie gab ihm den Stapel Papiere, die eben bewiesen …"

Lisa brach mitten im Satz ab, doch sie begann sofort wieder:

„Er gab mir die Hand …"

Aber Walter fragte:

„Was waren das für Papiere?"

Sie wurde unsicher.

„Meine … Meldung, die, die sie gerade unterschrieben hatte."

„Du sagtest: einen Stapel Papiere."

„Ich habe mich versprochen."

Er schaute sie lange an:

„Und dieses eine Papier", sagte er langsam, „hat sofort die Waagschale zu deinen Gunsten geneigt? Hatte es solch ein Gewicht, daß der Verdacht auf einmal nicht mehr zählte? Aber vielleicht irre ich mich? Vielleicht bestand der Verdacht weiter?"

Sie beachtete den seltsamen Klang seiner Stimme nicht.

„Gewiß", sagte sie. „Der Kommandant dankte mir für die bisherige Arbeit und wünschte mir Erfolg auf dem neuen Posten. Aber, wie du weißt, habe ich ihn nicht angetreten. Meine Schwester erreichte durch ihre Beziehungen in Berlin meine Entlassung. Ich eignete mich nicht dafür. Auschwitz hat mich fertiggemacht …"

„Was geschah mit dieser … Weniger?"

„Ich weiß nicht. Als ich das Zimmer der ,Ober' verließ, hörte ich Trude weinen. Sie tat mir ein wenig leid. Aber sie war ja selbst an allem schuld. Sie hat sich diese Puppe angeeignet, ich habe sie in ihrem Zimmer auf dem Sofa gesehen, und zu allem Überfluß erzählte sie im ganzen Lager herum, daß sie die Puppe für ein jüdisches Balg eingetauscht hatte und daß dies ein gutes Geschäft war. Und mich wollte sie reinreißen! Aber trotzdem fühlte ich mich nicht wohl dabei, ja, ich empfand fast einen Ekel vor mir selbst. Ich konnte nicht in der Schreibstube sitzen bleiben, Marta gegenüber, Marta mit ihrem versteinerten Gesicht, mit ihren Augen, die ins Leere starrten. Um elf ließ ich das Kommando antreten.

,Ich gebe euch eine letzte Chance. Noch kann ich die Meldung zurückziehen.'

Das Schweigen war entsetzlich. Irgendeine weinte.

,Wenn wir es doch wirklich nicht wissen, Frau Aufseherin …'

,Da kann man nichts machem, sagte ich. ,Ihr bleibt hier stehen. In einer Viertelstunde kommt der Rapportführer.' Zu Marta aber sagte ich, wie damals, während der Selektion:

,Gehen Sie an Ihre Arbeit!'

Da schaute sie mir in die Augen. Ja. Sie ohrfeigte mich mit ihrem Blick.

,Ich gehöre zum Kommando, Frau Aufseherin Franz', sagte sie ruhig.

Ich dachte an den Kassiber:

,Das wird sich noch zeigen', erwiderte ich.

Sie blieb in der ersten Reihe stehen. Ich sah durch das Fenster, wie der Rapportführer kam, hörte, wie er sie höhnisch anbrüllte.

Ich rief aus dem Fenster:

,Bitte, schicken Sie mir für einen Moment meine Schreiberin herein.'

Sie trat langsam aus der Reihe, unwillig, Sie stand stramm vor mir. Wartete. Ich sammelte meine Gedanken, ich sammelte meine Kräfte.

,Sie wissen sehr gut, daß Sie hundertmal mehr als das Kommando die SK verdient haben. Dieser Berg mit dem Heidekraut und diese ganzen Faseleien – das war wohl in Ihren anderen Kassibern, in diesem hier … war etwas anderes. Dafür endet man im Bunker, wie … Sie wissen. Sie waren bereits einmal nicht mehr weit davon. Sie können wählen: entweder der Bunker oder Austritt aus dem Kommando und Abfahrt zusammen mit mir. Sie haben fünf Minuten zum Überlegen.'

Sie überlegte keinen Augenblick.

‚Ich gehöre zum Kommando, Frau Aufseherin.'

Und ohne meine Erlaubnis abzuwarten, machte sie kehrt und ging. Nach einer Weile marschierte sie bereits in der ersten Reihe. Ich griff in die Tasche und ... fühlte einen kleinen, kühlen Gegenstand. Er wurde nicht mehr gebraucht ..., von niemandem. Ich warf ihn fort, weit weg von mir."

*

Der Morgen drängte sich in die Kabine. In dieser Nacht hatten beide kein Auge zugemacht. Sie schwiegen die letzten Stunden, jeder in seine eigene Einsamkeit eingeschlossen wie in eine Muschel. Sie sah, wie er einige Male eine Zigarette anzündete, dann etwas zu trinken suchte. ‚Noch einen Cognac?', dachte sie ängstlich, aber sie sagte nichts. Jetzt konnte sie nichts mehr sagen, jetzt konnte sie nur noch warten. Auf ein Urteil warten. Ihre Augen brannten, sie fühlte in der Dunkelheit ihr Gesicht, fühlte, wie sich die Falten um den Mund vertieften, wie die Wangen einsanken. Wenn ich nur schlafen könnte, dachte sie. Es wäre einfach, eine Tablette zu nehmen, aber sie hatte Angst. Sie hatte Angst, sich zu bewegen, und sie hatte Angst einzuschlafen. Sie hatte Angst vor seinen Worten, Angst, daß etwas geschehen könnte, während sie schlief. Sie mußte wachen, ihr schien, daß, wenn sie wachte, sie den Lauf seiner Gedanken irgendwie kontrollieren könnte. Durch das geschlossene Bullauge sickerte Morgengrauen, und aus der Dunkelheit schälte sich ihr Abendkleid, das über den Sessel geworfen war. Sie wunderte sich: ‚Das soll mein Kleid sein?' Hatte sie tatsächlich je so etwas wie ein Abendkleid besessen, das ihr im Leben in der höheren Gesellschaft diente, vor aller Augen, gerade ihr?

*

Der Kapitän war ehrlich bekümmert.

„... und ich wollte mit Ihrer Gattin noch einmal auf dem Kapitänsball tanzen ... Vielleicht könnte unser Arzt etwas tun?"

134

„Das möchte ich nicht riskieren. Schon einmal auf so einer Reise, und damals war die See ideal ruhig, bekam meine Frau die Gelbsucht."

„Nun ja, nun ja ...", der Kapitän verstand Walters Befürchtungen. „Also, der letzte Hafen auf dieser Halbkugel ist Lissabon. Und danach ..."

„... kann man nicht mehr sagen: Bitte halten Sie, wir möchten aussteigen", sagte Walter lächelnd.

„Genau. Auf See kann man nicht per Anhalter reisen!"

„Wissen Sie nicht, Herr Kapitän, wenigstens annähernd, wann eine Maschine aus Lissabon abfliegt und wieviel so ein Flug kostet? Denn sehen Sie ..., ich bin erst im Begriff, meinen Posten anzutreten und habe kein Konto auf einer ausländischen Bank. Ich erhielt zwar die Reisekosten für mich und meine Frau, recht hoch, das gebe ich zu, aber angesichts dieser Situation ..."

„Ich verstehe ... Wir werden uns sofort erkundigen, damit die Herrschaften keine unangenehmen Überraschungen erleben."

„Sie sind außergewöhnlich freundlich, Herr Kapitän."

„Um Gottes willen", erwiderte der Kapitän lachend. „Das ist ein ganz übliches Entgegenkommen. Unsere Linie erfreut sich des Vertrauens der Passagiere, und das verpflichtet ..."

Der Kapitän fand im Flugplan alles, was nötig war. „Die Maschine nach Rio fliegt in zwei Tagen von Lissabon ab. Also müssen Sie das Hotel und den Unterhalt für drei Tage rechnen, und natürlich kommt das Ticket dazu. Vorausgesetzt, daß Sie einen Teil des Preises für die Schiffspassage Ihrer Gattin von der Schiffahrtsgesellschaft zurückerhalten, werden Sie dennoch annähernd 200 Dollar einbüßen."

„Nun ja ...", sagte Walter, nachdem er überlegt hatte, „es würde natürlich reichen, wenn auch, mit dem Risiko ..."

„... die Reserven anzugreifen, ja?"

„Eben. Machen wir es also so, Herr Kapitän ... Sprechen wir mit dem Reisebüro über einen Umtausch unseres Appartements ..."

„In eine Ein-Personen-Kabine für Sie?"

„Ja, genau."

„Oh ..., damit wird es keine Sorgen geben. Wir geben gleich einen Funkspruch auf, und in einer halben Stunde wissen wir Bescheid."

„Allerherzlichsten Dank, Herr Kapitän ..."

„Ich freue mich, daß ich Ihnen helfen konnte. Bitte, richten Sie Ihrer Gemahlin meine Grüße aus."

„Danke."

Walter kehrte zur Kabine zurück.

Lisa stand am Bullauge wie gestern er. Sie wandte sich nicht um, als er hereinkam. Im Sonnenlicht, das durch die Wolken brach, schimmerten ihre Haare wie mattes Gold. Sie stand fast unbeweglich, ruhig in den Anblick des Meeres vertieft, vielleicht aber auch nicht, denn er konnte ihr Gesicht nicht sehen. Plötzlich zuckte sie so stark zusammen, daß es Walter fast am eigenen Leibe spürte. Er trat rasch auf das Bullauge zu. In diesem Augenblick sprang der Schäferhund in sein Blickfeld, derselbe, der sie damals so erschreckt hatte. Was, zum Teufel, dachte er, was, zum Teufel, ist mit diesem Hund? Und im selben Augenblick wurde ihm die ganze Bedeutung der Veränderung bewußt, die vom einen auf den anderen Tag in sein Leben eingetreten war. Die Wirklichkeit, die scheinbar ein altes, seit Jahren bewohntes Haus war, voller wohlbekannter Gegenstände, unter denen er sich sicher und gefahrlos bewegte, veränderte ihr Gesicht in gefährlicher Weise. Jedes Ding, so alltäglich und normal, daß man aufgehört hat, es zu beachten, gewann neue Bedeutung, als ob man aus ihm einen bisher verborgenen Sinn gefördert hätte, und Walter begriff, daß er von nun an dazu verurteilt ist, in jedem Detail diesem Sinn nachzuspüren, einen zweideutigen und verdächtigen Untertext zu suchen.

Er sagte:

„Dem Kapitän geht deine Krankheit sehr nahe. Er wollte unbedingt den Arzt schicken."

Sie wandte sich um:

„Du hast es ihm doch hoffentlich erklären können ...?"

„Ja. Ich habe ihm mitgeteilt, daß wir uns zu einem radikalen Schritt entschlossen haben: zu der Weiterreise mit dem Flugzeug."

„Mit dem Flugzeug?" Etwas wie Hoffnung blitzte in ihren Augen auf.

„In einigen Stunden laufen wir Lissabon an", sagte er, ihrem Blick ausweichend. „Ich glaube, daß es das Vernünftigste ist, das Schiff zu verlassen."

„Das Schiff zu verlassen?" Lisa faßte plötzlich Mut. „Aber natürlich, Walter. Und wir werden schneller ankommen."

„Das heißt …, du wirst schneller ankommen."

„Ich? Was soll das bedeuten? Und du?"

Er war erstaunt:

„Das ist doch wohl klar, daß ich mit dem Schiff weiterfahre."

„Allein? Ohne mich? Ich dachte, daß …"

„Das Geld würde nicht reichen und …"

„Allein!" wiederholte sie. „Was werde ich dort nur machen, bis du ankommst!"

„Wir werden in Lissabon ein Telegramm an deine Schwester schicken, sie wird dich in Rio erwarten. Du wirst bei ihr wohnen …, fürs erste …"

„Warum können wir nicht zusammen fliegen? Es ist nicht wahr, daß das Geld nicht reicht!"

„Hör zu, Lisa", er war bereits nervös. „Ich möchte vor allem, daß du Ruhe bewahrst."

„Gut …", erwiderte sie überraschend kühl. „Wie ist also das weitere Programm?

Er atmete unmerklich auf:

„Du steigst in Lissabon aus, übernachtest im Hotel, in zwei Tagen steigst du ins Flugzeug …, und in ein paar Stunden bist du in Rio. Dort erwartet dich Frau Hasse …, deine Schwester."

Er brach ab, aber sie sprach sachlich weiter:

„Ich gehe zu ihr und …, und bleibe bei ihr", sie dämpfte die Stimme, „bis zu deiner Ankunft?"

Ihr durchdringender Blick machte ihn verlegen.

„Ja", sagte er unsicher.

„Ich verstehe."

„Na siehst du!"

„Ich verstehe mehr, als du annimmst."

Sie hörte keine Antwort. Ihre Blicke begegneten sich und wichen einander sofort wieder aus. Sie griffen beide gleichzeitig zur Zigarette. Sie wartete, daß er ihr Feuer gab, aber offensichtlich dachte er in diesem Moment nicht daran. Er steckte sich selbst die Zigarette an und stellte sich vor das Bullauge, mit dem Rücken zu ihr. Lisa griff zum Feuerzeug. Ihre Hand zitterte, als sie die Flamme an die Zigarette führte.

„Mich wundert nur", sagte sie nach einer Weile, fast ungezwungen, „wie leicht dir das gefallen ist."

„Was meinst du?"

„Wie rasch du selbst auf einen Versuch, wenigstens etwas zu retten, verzichtet hast."

Er wandte sich um.

„So hast du das verstanden? Das ist auf jeden Fall voreilig. Ich habe nur einen Ausweg aus der gegenwärtigen Sackgasse vorgeschlagen, nicht mehr."

„Und weiter ...?"

„Wir haben Zeit, darüber nachzudenken. Ich weiß nur, daß jede Entscheidung, ohne Unterschied ob ‚ja' oder ‚nein', nicht leicht sein wird."

Zum erstenmal hat er das deutlich ausgesprochen, was sie bisher nur vermutete, und Lisa erschrak, als sie es hörte: „Das ist entsetzlich. Gestern noch ..."

Er unterbrach sie:

„Ja ..., gestern habe ich noch gesagt: Wir werden uns bemühen, damit irgendwie fertig zu werden. Aber heute ... Die Situation hat sich doch geändert!"

„Ich bin heute nicht schuldiger als gestern! Ich bin überhaupt nicht schuldig. Ich war nur ..."

„... eine gute Aufseherin. Du hast redlich deine patriotische Pflicht erfüllt."

„Ich wollte eine gute Deutsche sein. So wie du ein guter Deutscher sein willst."

Er schaute sie erstaunt an. „Siehst du da keinen Unterschied?"

„Nein! Zehn Jahre lang hast du mich kein einziges Mal nach den Einzelheiten meines Dienstes gefragt. Und heute willst du mich verlassen! Aus einem Grund, der für dich nicht existierte! Damit kann ich nicht einverstanden sein! Sonst ... hätte sie recht gehabt, als sie sagte, daß auch ich das einmal verstehen werde ..."

„Was?" fragte Walter fast flüsternd.

„Daß der frei ist, der ... nichts mehr zu verlieren hat. Zwinge mich nicht dazu, daß ich das verstehe!" Ihre Stimme begann zu zittern. „Das erst wäre meine Niederlage! Und ihr wirklicher Sieg! Nicht der verlorene Krieg, sondern ... das!"

„Lisa ...", Walter war erschüttert. „Ich habe doch ... nichts voreilig entschieden. Ich habe nur gesagt, daß ... es uns nach alledem ebenso schwerfallen wird zusammenzuleben, wie ... Mein Lebensprogramm ..."

„Dein Programm!" unterbrach sie ihn. „Warum hast du geschwiegen, als die Welt uns gehörte? Hast du im KZ gesessen wie die, die gegen uns waren?! Hast du das von der großen Schweinerei laut hinausgeschrien?! Was hast du getan gemäß diesem, deinem Programm?"

Er sagte sehr leise:

„Ist es so wenig, ein Mensch zu sein, in Zeiten, als man sich gegenseitig darin überbot, kein Mensch zu sein? Du hast mich verurteilt", er lächelte vor sich hin. „Das ist paradox, daß gerade du mich verurteilst, und das nur deshalb, weil ich nicht gefragt habe. Aber vielleicht ist das logisch? Ja. Sicher fragen wir zuwenig. Aber ich habe dich geliebt. Hätte ich nur eine Sekunde lang annehmen können, daß deine Hände ... selektiert haben? Zum Teufel! Was für ein Wort! Selektiert haben!" Und nach einer Weile sagte er: „Mich ausgerechnet dafür zu verurteilen, daß ich dich geliebt habe."

Er setzte sich in den Sessel und stützte den Kopf in die Hände.

Lisa verlor ihre Heftigkeit.

„Mich hat man gezwungen ..., Walter ... Ich brachte es nicht fertig, eine Heldin zu sein!"

Er sprach, ohne seine Stellung zu verändern:

„Diese Worte kommen mir merkwürdig bekannt vor. Habe ich nicht etwas Ähnliches diesem Bradley gesagt? In der Tat. Ich war nicht unter deinen Häftlingen, weil ich genau wie du sagte: ‚Ich bin nicht zum Helden geschaffen.' Genau wie du ... Soll das bedeuten, ich hätte ebensogut in einer Reihe ... zusammen mit dir stehen können?"

In diesem Moment verlor Lisa die Beherrschung. Weinend warf sie sich auf das Sofa: „Walter", schluchzte sie, „Walter ..."

Er stand auf und wandte sich zur Tür, als ob er fliehen wollte. Aber er blieb. Flehend sagte er:

„Lisa, mach es uns beiden nicht so schwer. Es fällt mir auch nicht leicht. Ich habe keine ehemalige KZ-Aufseherin geheiratet, sondern ein gutes deutsches Mädchen, das in den Kriegsjahren Schweres durchgemacht hat. Verstehst du das? Es ist eine Gemeinheit, so betrogen zu werden. Aber es hätte ja noch schlimmer kommen können. Ebensogut hätte ich einer Frau Hasse oder einer Ilse Koch begegnen können. Es blieb ja kein Brandmal auf diesen Händen, die ... selektiert haben. Es hätte mir passieren können, daß mich solche Hände streichelten. Bei allen Teufeln! Man kann sagen, daß ich noch Glück hatte."

Sie lief zu ihm:

„Ich fürchte kein Gericht außer deinem. Kein Urteil, außer deinem. Verurteile mich, aber bleib bei mir!"

Er versuchte sich loszumachen.

„Lisa ..., verlange von mir kein Urteil ... Ich will nicht dein Richter sein."

Stille trat ein.

„Du hast das Urteil schon gefällt", sagte sie.

„Du irrst dich, Lisa, ich habe doch noch nichts ... Ich versichere dir ..."

Wieder klammerte sie sich an seine Hände.

„Verlaß mich nicht, Walter!"

Er befreite sich von ihr.

„Ich weiß nicht ..." sagte er sehr müde. „Jetzt mußt du jedenfalls aussteigen. Wenn du nicht willst, daß diese Frau ..."

Sie unterbrach ihn, plötzlich ganz ruhig geworden, ihr Körper war gespannt wie der einer Katze vor dem Sprung ...

„Gut. Ich steige aus. Ich tue das ..., nur mit Rücksicht ... auf dich. Denn mir, das weißt du wohl, droht nichts."

*

Lisa machte sich ans Packen. Pedantisch legte sie die Kleidungsstücke zusammen, sorgfältig schaute sie in allen Fächern und Schränken nach, ob sie nichts vergessen hatte. Es blieben noch die Kleinigkeiten auf dem Toilettentisch. Sie begann sie einzusammeln, als es klopfte und der Steward eintrat. Er sah sich scheu um:

„Bitte um Entschuldigung ... Ich möchte nicht, daß man mich hier sieht, ich habe heute Dienst in der Touristenklasse. Ich habe, glaube ich, eine wichtige ..."

„Ich höre ..."

Er senkte die Stimme.

„Ich habe erfahren, daß die Passagierin aus Kabine 45 in Lissabon an Land geht!"

Sie vermochte ihr Erstaunen nicht zu verbergen.

„Wieso? Sie sagten doch, sie reist nach ..."

„So war es tatsächlich, gnädige Frau. Aber sie unterbricht diese Reise."

„Ist das sicher?"

„Völlig. Ich hörte heute früh beim Frühstück Teile eines Gespräches. Ich kann gut Englisch, gnädige Frau. Sie will mit dem Flugzeug weiterreisen."

„So ...", sagte Lisa schwach, „aber das könnten ebensogut ganz vage Projekte sein."

„Bitte, entschuldigen Sie, Madame. Ich wäre nicht mit einer ungeprüften Nachricht gekommen. Vor einer Stunde hat sie eine entsprechende Anweisung wegen ihres Gepäcks gegeben. Sie verläßt das Schiff in Lissabon."

*

Walter schritt über das Deck vom Heck zum Bug, vom Bug zum Heck. Immer wieder sprach er einen der ihm begegnenden Offiziere an.

„Wann werden wir in Lissabon sein?"

„In zwei Stunden", hörte er. „In einer Stunde."

Schließlich setzte er sich in die Halle. „Einen Kaffee und Zigaretten", bestellte er beim Steward. Er war müde, und sogar in der dunklen Halle schmerzten ihm die Augen. Er setzte wieder die Sonnenbrille auf.

In der Halle wuchs das geschäftige Treiben. Passagiere und Mitglieder der Besatzung liefen aneinander vorbei. Man brachte das Gepäck der in Lissabon aussteigenden Passagiere hinunter. Es wurde unweit von ihm abgestellt. Ein grauer Koffer von interessanter flacher Form mit eingeprägtem Namenszug fiel ihm auf. Den Namen konnte er aus dieser Entfernung nicht lesen, aber er bemerkte den recht großen Gepäckschein mit der schwarz aufgemalten Nummer 45. Einen Augenblick lang starrte er unbeweglich auf die Nummer, dann stand er auf und trat näher heran. Mrs. Marta ... der Familienname – übrigens ein typisch englischer Name – drang nicht in Walters Bewußtsein. Er starrte auf diesen Koffer, und vor seinen Augen wurde das Wort „Marta" immer größer. Der Steward, der den nächsten Koffer hinstellte, fragte ihn:

„Ist das schon Ihr Gepäck? Steigen Sie nicht in Lissabon aus?"

Walter erwachte aus seiner Erstarrung.

„Nein. Ich habe mir nur den Koffer angesehen. Er ist sehr hübsch. Und ... das alles für Lissabon?"

„Jawohl. Viele Passagiere steigen hier aus."

Er wandte sich ab und schritt in den schmalen Schlauch des Korridors hinein. Zu Anfang ging er rasch, doch je näher er der Kabine kam, desto langsamer wurde sein Schritt. Vor der Tür blieb er stehen, als wollte er etwas überlegen. Er legte die Hand auf den Türgriff, aber er drückte ihn nicht herunter. Er verharrte so einen Augenblick unentschlossen, dann nahm er die Hand vom Türgriff, wandte sich heftig um und eilte rasch zurück.

Er ging an Deck und setzte sich am Bug nieder. Obwohl es kühl und windig war, wischte er sich immer wieder den Schweiß von der Stirn. So saß er da, ohne die Umgebung wahrzunehmen, in seine Gedanken vertieft.

„Sie werden sich erkälten!" rief ihm im Vorübergehen ein Offizier zu.

Da stand er auf, dankte ihm mit einem Lächeln und ging zur Kabine.

*

Lisa saß im Sessel und rauchte eine Zigarette. Ein nicht fertig gepackter Koffer lag auf dem Sofa.

„Bist du fertig?" fragte er. „Wie du siehst", antwortete sie.

„Nun also ...", er setzte sich und griff ebenfalls zur Zigarette, „wir müssen noch einige Einzelheiten besprechen. Du fliegst aus Lissabon mit der ersten Maschine ..."

„Ich weiß nicht", sagte sie wie zu sich selbst.

Er sah sie verwundert an:

„Was ... weißt du nicht?"

„Ich weiß noch nicht, ob ich ... das Schiff verlasse."

„Du weißt nicht?! Wie denn? Wir haben doch ..."

„Warum sollte ich fliehen?"

„Mir scheint, wir haben es beschlossen."

„Ich habe keinen Grund, sie zu fürchten", setzte sie ihren Gedanken fort.

„Du hast keinen Grund? Zwei Tage lang hast du nichts anderes getan ... Man hätte sich darüber sogar wundern können. Immerhin, wir haben nicht mehr Fünfundvierzig, als man die ehemaligen SS-Männer einfing wie tolle Hunde."

„Wenn ich mich fürchtete, dann aus Rücksicht auf dich."

„Oh! Eine neue Theorie ... Das ist interessant. Also du sagst, aus Rücksicht auf mich?"

„Das weißt du selbst sehr gut ..."

„Nehmen wir es an. Also ..., was nun ...?"

Sie schwieg. Er betrachtete sie fast mit Neugierde:

„Ich verstehe. Du willst sagen, daß du zu dieser Rücksicht nicht mehr verpflichtet bist? Ist es so? Ausgezeichnet. Das befreit auch mich. Demnach ... steigst du in Lissabon nicht aus?"

Sie begriff ihren Fehler. Ihre Stimme zitterte:

„Walter ..., hör mich an ..."

Er hörte nicht zu.

„Dann werde ich aussteigen. Es ist noch nicht zu spät."

Er nahm den Koffer vom Regal und warf hinein, was ihm gerade in die Hand kam.

„Walter!" Sie lief zu ihm hin und hielt seine Hände fest.

„Du ... kannst das nicht machen! Das ist unmöglich! Das ist nicht wahr!" schrie sie.

Er schob sie entschlossen weg, ohne ein Wort. Sie war bestürzt.

„Walter! Hör zu, ich habe eine Nachricht, die alles ändert."

Er hielt inne.

„Was willst du damit sagen?"

„Ich brauche vor ihr nicht mehr zu fliehen, sie steigt in Lissabon aus!" rief sie triumphierend.

Er wollte etwas sagen, aber er schwieg. Er wandte sich um und schaute durch das Bullauge.

„Ich glaube, das ändert die Situation nicht", sagte er schließlich. „Auch nicht die, die du als die einzig wesentliche ansiehst. Aus Lissabon kann sie ja alle Komitees der Welt benachrichtigen: ‚Der neuernannte Diplomat der Bundesrepublik Deutschland, Doktor Walter Kretschmer, zusammen mit seiner Frau, einer ehemaligen KZ-Aufseherin ...' Die Nachricht darüber kann lange vor der Ankunft des Schiffes in Rio sein. Getrennt reisen – das ist die einzige Chance."

Sie schaute ihn fast mitleidig an.

„Und was hast du davon, außer daß wir nicht zusammen sein werden?"

143

„Die Spuren werden verwischt und ..., wenn man das Schlimmste in Betracht zieht ..., so kann man doch die Glaubwürdigkeit einer eventuellen Information erschüttern."

„Du begehst einen Fehler bei deinen Überlegungen. Sie bleibt nicht in Lissabon."

„Was sagst du ...?"

„Sie reist weiter ..., mit dem Flugzeug. Ich denke, daß sie darauf achten wird, daß es dieselbe Maschine ist, mit der ... einer von uns fliegt. Und wer weiß ..., ob es für sie nicht ein größerer Vorteil wäre, wenn du das bist! Hör mich an, Walter", ihre Stimme flehte wieder. „Es gibt nur einen Ausweg ..., für uns beide den gleichen: mit diesem Schiff weiterreisen. Hinter Lissabon haben wir Ruhe ..., ganze drei Wochen lang ... Und dort, selbst wenn sie es versuchte ..., müßte sie erst beweisen, daß ich ... ich bin ... Sie wird es nicht beweisen können. Dort – nicht mehr. Jetzt steigt sie aus ..., und wir sind gerettet ..."

Er schaute sie so kalt an, daß sie blaß wurde.

„Du hast nichts begriffen", flüsterte er, „nichts. Wir sind verurteilt! Unabhängig davon, was sie tut."

Einen Moment lang maßen sie sich mit den Blicken. Ihr Gesicht wurde starr wie eine Gipsmaske.

„Überleg es dir", sagte sie leise und nachdrücklich. „Überlege es dir gut."

Er riß den Mantel vom Haken und rannte aus der Kabine, bevor sie zu Ende sprach. Das Schiff lief in den Hafen ein.

*

Er fand sie endlich auf dem Deck. Sie stand, die Ellenbogen auf die Reling gestützt, und schaute vor sich hin. Sie war allein. Die Gruppe, mit der sie gereist war, hatte sich in der Haupthalle versammelt. Walter hatte sie im Vorübergehen bemerkt. Sie stand hier allein. Wartete sie vielleicht auf jemanden? Er blieb in einiger Entfernung stehen und beobachtete sie unverhohlen. Sie schaute einmal, zweimal zu ihm hin, als ob sie von ihm etwas erwartete. Er machte einen Schritt in ihre Richtung, aber sie hatte sich bereits abgewandt. Das Schiff lief in das Hafenbecken ein. Sie schaute auf die Uhr und begann ihre Handschuhe anzuziehen. Sie tat es langsam und sorgfältig, ganz dieser Tätigkeit hingegeben. Plötzlich erschien

Lisa an Deck. Walter erblickte sie erst, als sie an ihm schon vorbei-
gegangen war. Auf einmal bemerkte Lisa die andere, einen Moment lang zögerte sie, aber im nächsten Augenblick ging sie
entschlossen in ihre Richtung. Er rief sie, aber sie reagierte nicht. Er
lief zu ihr hin.

„Wohin gehst du?"

„Zu ihr", sie wies mit dem Kopf dorthin.

Er schaute sie wie eine Wahnsinnige an.

„Bist du verrückt geworden?"

„Ich will mir holen, was mir zukommt", sagte sie, ohne ihn anzusehen.

„Was faselst du? Was kommt dir zu?"

„Dank! Dafür, daß sie Auschwitz überlebt hat."

In diesem Augenblick schaute die Unbekannte neugierig zu
ihnen hin. Walter wurde blaß:

„Geh sofort in die Kabine zurück!"

Sie lächelte nur zur Antwort.

Er ergriff ihren Arm:

„Hörst du?"

Sie beachtete ihn nicht. Sie schaute auf die andere, angespannt,
aber ihr Blick verriet, daß sie nicht mehr klar denken konnte. Walter war erschrocken.

„Was hast du vor?"

Sie erwiderte, den Blick noch immer auf die andere geheftet:

„Ich will, daß sie zu mir kommt und sagt: ‚Guten Tag, Frau Aufseherin'"

„Lisa", er versuchte, sie beiseite zu führen, „besinn dich."

„Laß mich", sie stieß seinen Arm weg und schaute ihn endlich
an. „Du hast es soweit gebracht, daß ich ihre Worte begriffen habe:
‚Nur der Wunsch zu leben, macht den Menschen zum Gefangenen.' Sie hatte recht. Zehn Jahre lang war ich die Gefangene der
Angst. Und deiner Liebe. Heute bin ich frei."

„Ich verstehe. Du willst mich zugrunde richten!"

„Ich will die Rechnung begleichen. Geh weg!"

„Jetzt erkenne ich dich", sagte er langsam, von ihr abrückend.

„Jetzt erst habe ich dich erkannt. Du KZ-Aufseherin."

Sie lachte.

„Das wird einer von den pikanteren Skandalen sein! Ich sehe
schon die Schlagzeilen in den Zeitungen: ‚Die Frau des bekannten

Wirtschaftswissenschaftlers Doktor Walter Kretschmer, gegenwärtig Berater der Botschaft der Bundesrepublik Deutschland in Brasilien, wurde als frühere Aufseherin in einem Konzentrationslager entlarvt.'"

„Lisa …", er hielt die Spannung nicht aus. „Du … kannst das nicht wollen, wenn …"

„Genug davon", schnitt sie ihm das Wort ab. „Auch ich habe dich erkannt."

Er griff wieder nach ihrem Arm.

„Du bist jetzt erregt, du weißt nicht, was du tust. Gehen wir von hier weg …"

„Nein. Dein Gewissen hat zehn Jahre lang geschwiegen. Geweckt hat es … die Angst um deine Karriere. Du kannst ja gehen. Dem, was jetzt geschieht, dem entgehst du ohnehin nicht."

„Lisa, ich flehe dich an, du vernichtest uns beide."

„Zu spät sprichst du von uns beiden", sagte sie im Weggehen.

Sie ging auf die Landebrücke zu, auf der die Unbekannte stand. Sie ging unsicher wie eine Blinde, den Blick fest auf die andere gerichtet. Sie blieb in einer Entfernung von vielleicht fünf Schritten stehen und schaute sie an …, hartnäckig, herausfordernd. Es war unmöglich, das zu ignorieren. Die Unbekannte wandte sich Lisa zu. Eine gewisse Zeit blickten ihre Augen, obwohl sie auf Lisa gerichtet waren, durch sie hindurch, auf irgendeinen weit entfernten Punkt. Dann richtete sie ihren Blick voll auf Lisa. Einen Moment lang schauten sich die Frauen in die Augen. Zwischen ihnen fiel kein Wort. Hinter einer Ecke verborgen, sah Walter das Gesicht der Unbekannten – es war gleichgültig, verächtlich. Dann sah er, wie sie um die ihr im Weg stehende Lisa herumging, so, wie man etwas Unsauberem ausweicht, und …, ohne sich umzusehen, weiterschritt.

Er lehnte an der Wand und stand so eine Weile schweißüberströmt. Dann lief er durch den inneren Korridor zur Halle und von dort an Deck. Er kam zur rechten Zeit, um noch zu sehen, wie sie, ihren Bekannten zuwinkend, das Fallreep betrat.

*

Das Schiff hatte den Hafen bereits hinter sich gelassen. Sie standen, die Ellenbogen auf die Reling gestützt, und schauten ins Wasser.

„Du hast gestern gesagt", begann Lisa, „daß wir uns bemühen werden, damit irgendwie fertig zu werden."

Er hob den Kopf und schaute geradeaus. Aber offensichtlich blendete ihn die Sonne und er setzte die Sonnenbrille auf. Dann sagte er:

„Das habe ich gesagt."

„Wir sind über zehn Jahre zusammen, Walter ..."

„Ja ...", stimmte er ihr nach einer Weile zu, „das ist viel."

Plötzlich erklang hinter ihnen eine bekannte Stimme. Sie schreckten beide gleichzeitig hoch und eilten auf die nächste Tür zu. Walter gelang es jedoch nicht, unbemerkt fortzukommen.

„Na, endlich! Ich habe Sie den halben Tag gesucht, Herr Kretschmer. Ihr Telefon ist stumm ... Haben Sie schon gelesen? Das ist ein unerhörter Skandal! Die deutsche Regierung fordert ..." Bradley reichte ihm empört die Zeitung.

Walter hielt ihn mit einer Handbewegung zurück.

„Nein. Sie haben mich umsonst gesucht. Verstehen Sie ...? Umsonst."

Und seine Verblüffung bemerkend, fügte er freundlicher hinzu:

„Es sieht so aus ...", er schwieg einen Augenblick, „nun, es sieht so aus, daß Sie niemanden finden werden, mit dem Sie darüber reden könnten. Ja. Das ist bedauerlich. Ganz einfach ..., ganz einfach, Mister Bradley, Sie haben kein Glück."

Glossar

Effektenkammern – die Magazine in Auschwitz-Birkenau, in der Lagersprache auch „Kanada" genannt, in denen die Hinterlassenschaften der ermordeten Juden für die Weiterverwendung gesammelt und geordnet wurden.

FKL – Frauenkonzentrationslager

Franz, Anneliese – das historische Vorbild der gleichnamigen Hauptfigur, geboren am 28.12.1913 in Görlitz, war Aufseherin in den Konzentrationslagern Ravensbrück, Auschwitz-Birkenau und Dachau (Außenkommando Mühldorf). Die verwitwete und in Westdeutschland wiederverheiratete Franz wurde trotz ihres Todes am 29.08.1956 seit dem 15.12.1960 unter ihrem Witwennamen per Haftbefehl gesucht.

Globke, Hans – von 1953 bis 1963 Staatssekretär im Bundeskanzleramt, dort engster Vertrauter Konrad Adenauers, der den Mitautor der NS-Rassengesetze mehrfach unter seinen persönlichen Schutz stellte.

Höß, Rudolf – NSDAP-Mitglied seit 1922, SS-Mitglied seit 1933, war von März 1941 bis November 1943 erster Kommandant des Konzentrationslagers Auschwitz. Im Sommer 1941 hatte ihn Himmler in Berlin über Hitlers Befehl zur Ausrottung der europäischen Juden unterrichtet. Die von Karl Fritzsch erdachte Methode der massenweisen Tötung von Menschen im Gas Zyklon B systematisierte er, nachdem er sich mit Adolf Eichmann angesichts der zu erwartenden Zahl von zu tötenden Menschen jüdischer Abstammung darauf verständigt hatte. 1947 wurde er in Polen zum Tode verurteilt und vor „seinem" Konzentrationslager hingerichtet.

Ich brauche keine Millionen – eigentlich „Musik, Musik, Musik" – war ein weltberühmter Schlager des Komponisten Peter Kreuder auf einen Text von Hans Fritz Beckmann.

Mandl, Maria – von 1938 bis 1945 Aufseherin in verschiedenen Konzentrationslagern, von Oktober 1943 bis November 1944 Oberaufseherin in Auschwitz und als Arbeitsdienstführerin Leiterin des Frauenlagers Birkenau.

Muselmann – in der Lagersprache ein von Misshandlung und Entbehrung bis auf die Knochen ausgezehrter Häftling, dessen Denken sich nur noch auf die Nahrungsaufnahme fixierte, bevor almählich Apathie und Agonie einsetzten. Nur wenigen Häftlingen gelang es, diesen Zustand im Konzentrationslager zu überwinden.

SK – Strafkompanie, ein von den anderen isoliertes Kommando, in das Häftlinge vorgeblich zur Bestrafung von Vergehen gegen die Lagerordnung eingewiesen wurden. Gezielter Versorgungsmangel, unerträgliche Zwangsarbeit und schwerste Misshandlungen unter der Willkür der Aufseher sorgten für eine besonders hohe Sterblichkeit.

Sonderkommando – die zur Ausplünderung und Verbrennung der in den Gaskammern Ermordeten gezwungene Arbeitsgruppe. Sie bestand aus jüdischen Häftlingen, die nach einiger Zeit dieser Tätigkeit ebenfalls umgebracht wurden.

Winkel, Dreieck, roter Streifen – Der Winkel war ein auf das Oberteil des Häftlingsanzugs aufgenähtes dreieckiges Abzeichen, das, in Farbe und Beschriftung variierend, die Häftlinge nach ihren offiziellen Einweisungsgründen unterteilte. Der rote Winkel kennzeichnete politische Häftlinge, gewöhnliche Kriminelle trugen grüne Winkel und Menschen, die wegen ihrer Homosexualität inhaftiert worden waren, bekamen den rosa Winkel. Polen trugen ein schwarzes „P" auf rotem Dreieck, und zur Arbeit selektierten Juden wurden zwei je nach Umständen unterschiedliche Dreiecke so übereinandergenäht, dass das Abzeichen an einen Davidstern erinnerte. Ab 1944 trugen einige Häftlinge aus Mangel an gestriften Anzügen Zivilkleidung, die auf dem Rücken mit einem roten Strich oder Stoffstreifen gekennzeichnet war.

Zu dieser Ausgabe

Nach „Ein Urlaub an der Adria" (ISBN 978-3-8391-1070-6), dem zweiten großen Auschwitz-Text von Zofia Posmysz, liegt nun auch der etwa zehn Jahre ältere und wesentlich bekanntere Roman „Die Passagierin" wieder vor, in der Übersetzung von Peter Ball, dessen Rechtsnachfolge bislang nicht geklärt werden konnte, weshalb hiermit unter der im Impressum angegebenen Email-Adresse um in dieser Angelegenheit sachdienliche Hinweise gebeten wird. Peter Ball war auch Übersetzer der deutschen Fassung des dem Roman vorausgegangenen Hörspiels.

Der vorliegende Text entspricht im wesentlichen dem der 1969 im Verlag Neues Leben, Berlin, veröffentlichten deutschen Erstausgabe. Da in dieser deutschen Fassung einige Sätze des polnischen Originals fehlten, wurde die Übersetzung von der Autorin durchgesehen, wodurch weitere Fehler gefunden und korrigiert werden konnten. Für ihre Mitarbeit dabei sei an dieser Stelle der Übersetzerin Sabine Leitner herzlich gedankt.

Die Schreibweise des Namens der Oberaufseherin, im Originaltext „Mandel", wurde in die ursprünglich richtige Form gebracht, ebenso die des Namens des Lagerkommandanten Höß, der in der polnischen Literatur oft „Hoess" buchstabiert wird. Der Text selbst folgt der zur Zeit der Erstausgabe üblichen deutschen Rechtschreibung.

Auf den Abdruck des der Berliner Ausgabe beigefügten Nachwortes von Lin Jaldati wurde verzichtet, da weder der Verlag Neues Leben noch Frau Jaldati mit der Autorin gesprochen hatten, bevor sie sich entschlossen, ihre Auffassungen dem Buch gleichsam als Rezension mit auf den Weg zu geben.

Über die Autorin

Zofia Posmysz, geboren am 23. August 1923 in Krakau, war zum Zeitpunkt des deutschen Überfalls auf Polen Schülerin einer Handelsschule. Um der Zwangsarbeit zu entgehen, akzeptierte sie eine Stelle als Kellnerin in einem deutschen Kasino, begann aber den polnischen Geheimunterricht zu besuchen, wo sie mit der von Schülern vertriebenen Untergrundpresse in Berührung kam. Vermutlich infolge einer Denunziation, wurde auch sie am 15. April 1942 verhaftet und nach sechs Wochen im Gefängnis Montelupich Ende Mai 1942 in das Konzentrationslager Auschwitz I verbracht. Aufgrund der Flucht eines Mithäftlings kam ihr Kommando für zwei Monate zur Strafkompanie in Buda, unter Bedingungen, die viele der Frauen das Leben kosteten. Jahrzehnte später schildert sie diese Episode ihrer Lagerhaft in der Erzählung „Die Sängerin".

Die folgenden zweieinhalb Jahre in Auschwitz-Birkenau, dem größten deutschen Konzentrations- und Vernichtungslager mit zeitweilig bis zu 100.000 Inhaftierten und über 1,1 Millionen ermordeten Juden und anderen von den Nationalsozialisten Verfolgten, begannen für Zofia Posmysz mit Krankheiten, die zahllose Häftlinge dahinrafften – eine Erfahrung, die sie zu der Erzählung „Derselbe Doktor M." verarbeitete. Dank ihrer Deutschkenntnisse im Mai 1943 zur Schreiberin „befördert", schöpfte sie wieder Hoffnung. Damals lernte sie auch den polnischen Offizier Tadeusz Paolone-Lisowski kennen, der sie in Buchführung unterweisen sollte. Von Paolone-Lisowski, der wenige Monate später ermordet wurde, berichtet die hochbetagte Zofia Posmysz in dem dokumentarischen Text „Christus von Auschwitz".

Im Januar 1945, als die Front näher rückte, wurden tausende Häftlinge des KL Auschwitz bei strengem Frost in mehrtägigen „Todesmärschen" nach Deutschland getrieben. Die weiblichen Häftlinge aus Birkenau transportierte man schließlich nach Ravensbrück, wo die entkräfteten Frauen zunächst drei Wochen in einer Art Zelt auf dem nackten Boden schlafen mussten.

Die Befreiung durch die Alliierten erlebt Zofia Posmysz im Außenlager Neustadt-Glewe am 2. Mai 1945. Entgegen dem Rat, in den Westen zu wechseln, macht sie sich gemeinsam mit neunzehn Frauen zu Fuß auf den Weg zurück nach Polen und befindet sich drei Jahre nach ihrer Verhaftung wieder in ihrer Heimatstadt Krakau. Im Elternhaus trifft sie nur die Mutter und ihren Bruder an; der Vater, ein Bahnangestellter, war im August 1943 vom deutschen Bahnschutz erschossen worden. Erst nach dem Ende der Volksrepublik Polen ensteht ihr Bericht „Do wolności, do śmierci, do życia" (dt. „Befreiung und Heimkehr", ISBN 978-3-7357-7970-0), zu groß schien die Gefahr, den Text nicht durch die Zensur zu bekommen.

Da sich ihr die Situation in Krakau aussichtslos darstellte, zog Zofia Posmysz in das zerstörte Warschau um, in der Absicht, dort eine Arbeit aufzunehmen, die Familie zu unterstützen und ihre Ausbildung fortzusetzen. 1946 bestand sie das Abitur, danach studierte sie Polonistik und half nachts als Korrektorin einer Tageszeitung aus. Bereits gegen Ende des Studiums begann sie ihre Tätigkeit in der Literaturredaktion des Polnischen Rundfunks, wo sie bis zu ihrer Pensionierung beschäftigt blieb.

1959 schrieb Zofia Posmysz das Hörspiel „Die Passagierin aus Kabine 45", das die Weichen für ihre literarische Zukunft stellen sollte. Aufgrund der großen Resonanz wurde der Text kurz darauf für die Fernsehbühne adaptiert und der angesehene Regisseur Andrzej Munk beschloss, den Stoff zu verfilmen. Der Film, wegen Munks tödlichem Verkehrsunfall ein Torso, kam 1963 in die Kinos und erhielt 1964 in Cannes den FIPRESCI-Preis der internationalen Filmkritik. Schon 1962 war „Die Passagierin" als Roman erschienen und nachdem Dmitri Schostakowitsch dessen russische Übersetzung gelesen hatte, empfahl er seinem Freund Mieczysław Weinberg, der seine gesamte Familie in der Shoah verloren hatte, die Komposition der gleichnamigen Oper, für die Alexander Medwedew das Libretto gestaltete. 1968 vollendet, aber vom Sowjetstaat unterdrückt, wurde das Bühnenwerk zwar erst Ende 2006 in Moskau konzertant uraufgeführt. Die szenische Erstaufführung während der Bregenzer Festspiele 2010 war jedoch ein künstlerisches Großereignis und bestätigte einmal mehr, dass „Die Passagierin" zu den wichtigsten Büchern dieser Thematik gezählt werden darf. In seiner Schlichtheit zeitlos, nimmt der Text in der Literatur des 20. Jahrhunderts wohl auch deshalb eine Sonderstellung ein, weil er eine eigene, nicht jüdische Auschwitz-Erfahrung in den Mittelpunkt stellt, diese aber in eine über das Dokumentarische hinausgehende literarische Kunstform überträgt und dadurch geeignet ist, eine größere Leserschaft zu erreichen.

Zofia Posmysz, Autorin weiterer hierzulande unbekannter Werke wie „Mikroklima" oder „Der Preis" sowie zahlreicher Hörspiele, Drehbücher und Texte zu Gegenwartsthemen, wurde 2012 unter anderem für ihre langjährige Zusammenarbeit mit der Internationalen Jugendbegegnungsstätte in Oświęcim mit dem Bundesverdienstkreuz am Bande ausgezeichnet und erhielt 2013 die Ehrenbürgerschaft der Stadt Oświęcim.